谷中复古相机店的
日常之谜

[日] 柊彩夏花 / 著

谢鹰 / 译

台海出版社

◇ 千 本 櫻 文 庫 ◇

文库，原本是指收纳书物的仓库和书库，也指收纳书与记事簿，以及不常用物品的小箱子。以前者为例，京浜急行线的"金泽文库站"就是以前镰仓时代北条氏用来收藏汉书用的，"金泽文库"名字的由来便是如此。东京都的世田谷区也存在着收集着珍贵汉书的"静嘉堂文库"。后者则更多地被称为"手文库"。

江户时代以来，可以放入袖袂的小开本书籍逐渐流行起来，被称为"袖珍本"。明治三十六年（1903年），富山房发行了小开本的丛书，起名"袖珍名著文库"。随后，明治四十四年（1911年），讲述战国时代的猿飞佐助和雾隐才藏系列故事的讲谈社"立川文库"发行出版。讲谈是日本民间艺术，以口语化的方式讲述历史故事的形式。而"立川文库"则是将讲谈收录成册集中出版的丛书，据统计，当时刊行量为200册左右。从那时起，文库就脱离了原本的释意，逐渐演变成了现在的类书集丛。

文库说法借鉴了日本出版业界的传统说法。而千本樱源自日本奈良县吉野山樱花盛开的奇景，世人皆称"一目千本樱"来形容樱花美景。千本樱文库的纳入作品皆为日系作品，题材包括推理、悬疑、幻想、青春、文化等类型，正如千本樱满山盛开的绝景。

现代日本，以"文库"命名刊行的丛书系列有 200 种以上，所谓"文库本"只不过是统称而已。日本传统的"文库本"常用的是 A6 尺寸的 148mm×105mm，也叫"A6 判"。千本樱文库的所有书籍将在"文库本"的基础上提升，达到 148mm×210mm 的开本标准。追求还原的前提下，力图带给读者更清晰的阅读体验。

从上世纪 70 年代以来，日系推理小说逐步进入中国读者的视野。随着时代更替，涌现出一大批不同风格的作家。日系推理能够长久不衰的原因之一在于设立的各种奖项，这些奖项能为日本文坛输送新鲜血液，不断地创作优秀作品。"这本推理小说了不起！"大奖 2002 年由宝岛社、NEC、Memory-Tech 联合创办，以发现有趣的作品、发掘新的才能以及构筑新的体系为目标。主要奖项分为大奖、优秀奖、"隐玉"奖（编辑部推荐奖）等。

"隐玉"奖取自沧海遗珠之意。由于该奖投稿数量众多，同期新人奖中的其他优秀作品也有机会出版。柊彩夏花获得第 11 届"这本推理小说了不起！"大奖的"隐玉"奖出道，随后就创作出了代表作"谷中相机店"系列，本作是该系列的第一部。全文围绕坐落在日本谷中地区的一家复古相机店展开，在那里发生了许多奇奇怪怪的事。神秘的盒子密码、戴着小相机的猫、莫名出现的紫色青蛙，每一个谜团背后都隐藏着浓浓的爱意。希望这本关于相机与人生交织的推理佳作，能为这个寒冷冬天的你们带来一丝暖意。

千本樱文库编辑部

◇作家 WRITER

鲇川哲也奖作家系列

◇ 相泽沙呼
◇ 城平京
◇ 芦边拓
◇ 柄刀一

梅菲斯特奖作家系列

◇ 西尾维新
◇ 井上真伪
◇ 天祢凉
◇ 殊能将之
◇ 木元哉多
◇ 北山猛邦

其他作家系列

◇ 横关大
◇ 乙一
◇ 仓知淳
◇ 野崎惑
◇ 深木章子
◇ 三津田信三

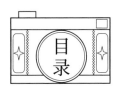

目录

◇ ◇ ◇

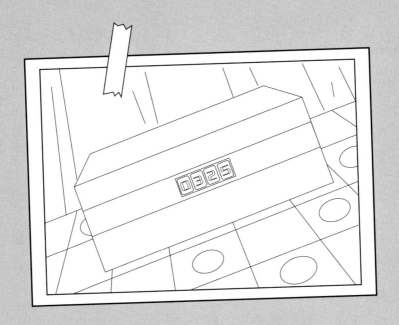

＊第一章＊
◇◇◇◇◇◇◇◇◇◇◇◇◇◇◇◇◇◇◇◇◇

打不开的盒子
的密码

这只盒子绝不能打开。

可公主不听嘱咐，打开了盒子。

你猜怎么着？里面出现了灾难与诅咒。

要解开公主受到的诅咒，需要王子的——

来夏忽然想起了曾经在哪里读过的童话绘本。

此刻，她手中就有只打不开的盒子。如童话里描写的一般，是个黑色的铁盒，附有密码锁，无法看到盒子内部。轻轻一摇，能感觉到里面放了什么有分量的东西。

这只盒子留给了孤身一人的来夏。

里面还有一张便签，上面写着"今宫先生会知道的"。

*

绵绵秋雨终于在早上停了下来，外面似乎放晴了，一片秋高气爽。来夏看了眼挂钟，马上要到约好的上午十点了。家门前传来停车的声音，她穿上拖鞋，为以防万一，先透过猫眼瞄了下。房子位于错综复杂的小巷里，不大容易找。门牌上写着山之内善治郎和来夏的名字。看到这块门牌，过来处理遗物的相机店老板应该就能知道。

车子是辆普通的小轿车。来夏心想是不是弄错了，她一直以为来的会是辆客货两用车，并写着醒目的标语"收购相机就找今宫相机店"。然而，这种小巷很少有邻居以外的人开车进来，想必是相机店的车了。

车上走下一名男子，就站在家门口，似乎一直盯着门牌。白衬衫穿得整齐熨帖，可一头卷发恣意狂乱。

来夏摘下了防盗链。出门打过招呼后，男子也回以问候。

"不好意思。"

"不好意思。"

二人同时开口，又都陷入了沉默之中。来夏默不作声，打算让对方先说，谁知男子也一声不吭，总觉得有点为难。

"那个……我是想请您收购相机的山之内。"

"今天请多多关照。"

男子说得很生硬，好像是相机店的店员，可好歹是做生意的，态度如此怠慢，让人不禁担心他这样真的没问题吗？从儿时到如今，已过二十四个年头，来夏一直是个怕生的人，却也不禁感叹老板竟敢雇用这般冷漠的店员。不过，这个人个子很高。他透过卷毛俯视着来夏，二人目光交汇。

"我是今宫相机店的老板，今宫。"

居然不是店员，而是老板本人。关于今宫相机店的老板，来夏略有耳闻。听说是个老花眼，自己曾想象对方是位年过六旬的老人，可怎么看都年轻多了。她不住地打量着今宫，试图推断出对方的年龄，今宫则不自在地别开了目光。完全看不出他多少岁。反正，估摸是三十出头。

"请把车子停这边。"来夏指着院子里空荡荡的停车处，今宫则钻进车子，熟练地停好了车。

来夏把拎着大皮包的今宫请入客厅。安排今宫坐下后，她上了杯茶，今宫就静静地喝着绿茶。

"您比我听说的更年轻，所以我吓了一跳。"

"三年前我从家父手中继承了店铺。我叫今宫龙一，是今宫相机店的第三代老板。"

接过名片，初次见面的寒暄算是结束了，两人喝茶的时候都刻意回避对视。

接着，来夏把今宫带到了早已没有主人的二楼书房。书房虽窄，摆放的却全是主人生前真心喜爱的物品，无论是书架还是装饰品，都把个人兴趣体现得淋漓尽致。墙上挂着他生前最爱的雪原摄影作品。

直达天花板的一体式书架可以移动，上面塞满了相机方面的书籍和写真集，精致得像美术馆里的周边商铺。尽管没人用这个房间了，来夏还是会经常进来通风。坐在皮质的摇椅上，看一看收录了诸多作品的相册，随手翻翻写真集。自己对摄影不大了解，可看着有趣的风景、珍奇美丽的事物，不知不觉也就忘了时间。她不知该怎么处理这些相机类的书籍，就依然保持着原封未动的状态。

还有烟斗的藏品，也不知道拿它们如何是好，一直以来从未触碰过。

刚打开五层式的防潮箱，今宫立马睁大了眼睛，看着里面摆得整整齐齐的相机。

"徕卡 M3、Ⅲ f、柯达 Signet35、康泰时 Ⅱ a、福伦达 VitoB、尼康 F、蔡司 SuperIkonta……禄来福来……"

他喃喃道，跟念咒语似的说了一堆疑似相机名称的词语。

目前为止，今宫几乎是面无表情，可一看到相机，眼神瞬间变得像见到新玩具的孩子一样。

"我都分不清这些东西。遗言中有写到，让我联系谷中的今宫相机店。"

"我真的可以照您说的，把这些藏品全都收购了？您不用留在手边吗？"

从今宫的表情来看，藏品的状态、机型似乎相当值钱。也难怪，来夏本身对相机没多少兴趣，全然不知其中的价值。相机这种东西，有一台能拍照便足矣，为什么要买许多台一样的呢？她现在也想不明白。

"对。我打算全交给今宫先生。相机毕竟是精密仪器，不做保养就会发霉生锈，镜头也会变得不清晰，我都不知怎么办才好，他让我定要把遗物相机卖给今宫先生。被喜爱相机的人使用，对相机来说也是一种幸福，所以我被叮嘱一定要这样做。"

今宫点点头，凝视着摆在防潮箱上的相框。那是山之内健在时的照片，白发梳得整齐清爽，左手拿着心爱的烟斗，面带笑容。他一笑，皱纹就会堆在眼角。来夏特别喜欢这些皱纹。他的服装也非常讲究，手上戴着机械式手表，品牌名有点长，好像叫百达¹什么的。表盘色调统一，袖扣似乎也选用了深沉的金色。无名指上的戒指金光闪闪。

"五十岁走的，因为癌症。病情发展得太快，人转眼就没了。可他特别喜欢相机，会时不时地溜出医院，就是为了打理相机。"

"这样子啊。"

"还是舍不得转让吧。纠结了好几年，才决定让我去联系收购的店家。虽然我会学他用布擦拭相机、按一按快门，但根本不懂每台相机的后盖要怎么打开。市面上也很少有古典式相机的使用教材。"

"毕竟相机的产地和年份各不相同。可是一看就知道，山之内先生是打心底里喜欢相机。"

"与其一直留在我身边，还不如交给专家，这样他也高兴。"

两人并肩看着相框。

---

1. 百达翡丽，是瑞士名贵钟表品牌、生产商。——译者注

"知道了，我会小心处理的。"

今宫戴上白手套，开始检查每一台相机。

"那您慢慢来。如果有什么问题，我就在隔壁房间。"来夏说完，便离开了书房。

尽管害怕一个个回忆逐渐消失，却也总不能为过去所困。来夏轻轻地捂住胸口。

大约一小时过后，书房门口传来了声音。相机和几只镜头被整齐地摆在了富有光泽的布匹上。来夏拿起自己唯一认识的徕卡 Ⅲ f，看着取景器，她与重影的今宫视线交汇。

"弄好了。相机十一台，镜头九只，收购的价格有点高，可能得花点时间来估价，这样行吗？不过一天时间也够了。"

今宫把相机全部包好，收进了大皮包里，只留下空荡荡的防潮箱。

"不好意思。还有件奇怪的事情……"

来夏不知怎么解释才好。踌躇了半晌，还是决定给今宫看看这个打不开的盒子。它在衣柜深处，被装在小塑料箱里。她把塑料箱搬到地毯上，快速地开锁后，打开了塑料箱的盖子。

"能请您看一下吗？"

来夏跪在地毯上，把打不开的铁盒搁在矮桌上。简约的黑铁盒上附有密码锁，从外表看就能感觉到它沉甸甸的重量。今宫也端坐在地毯上，说了句"不好意思"。

"会是什么呢？"他似乎也有点疑惑。

"我打不开，上面有四位数的密码锁。"

也难怪今宫会纳闷。把打不开的东西给他看又有什么用呢，人家毕竟不是锁匠。

接下来，自己还得说些更莫名其妙的事情。

"很抱歉，遗言中希望这样东西也能由您收购。"

"可钥匙呢？"

"他说——今宫先生会知道的。"

听到这句话，今宫陷入了沉思。

"不好意思，请问山之内先生是什么时候去世的？"

"三年前。"

"我继承店铺也是在三年前。检查台账的时候，发现山之内先生确实来过几次。不过，那时我正跟着其他公司的维修师傅学习技术，不在店里呢。所以您口中的今宫先生，应该指的是前老板，也就是家父。"今宫若有所思地说道。

"生日、纪念日、用过的密码、电话号码、邮编——我把能想到的四位数都试了一遍，可就是打不开。其实还有张便签，但不知道写的是什么意思。"

来夏拿出了便签。上面写的不是数字，而是 YSME 四个字母。笔迹断断续续的，看起来柔弱无力。

"我查过这串字母，似乎没有任何其他含义，完全搞不懂。我也猜过会不会是什么缩略语，可想不出对应的词语。"

"实在抱歉，家父和家母现在都在瑞士，我联系不上他们。估计要十来天才能回来。"

"这样子呀。"

来夏猜那个人可能事先跟前老板商量过，便也想通了。

"那这个箱子就算了吧。不好意思啊，说了些莫名其妙的话。"

今宫依然在冥思苦想。

"原话是'今宫先生会知道的'吗？"

来夏心想他为何要如此询问，却也还是点头肯定。

"不是'密码问今宫先生就知道了'或者'我已经告诉今宫先生了'？"

来夏思考了片刻后说道："癌症的恶化非常迅速，但直到最后他的意识还是很清楚。他说得明明白白，今宫先生会知道的。"

"我看一下便签。"

端坐在地毯上的今宫，一只手拿着便签陷入了沉思中。

"我把字母对应的数字列了出来，加法、乘法都试过了，但是都不对。数笔画也不行。便签究竟是什么意思呢？这是他去世不久前，最后一次回家时写下的，我觉得应该不是信手涂鸦。"来夏不确定今宫是否能打开盒子，她继续说道，"没关系。等前老板回到日本，烦请帮忙转告。"

虽然来夏这么说，可今宫依然神色严肃地单手拿着便签。

"'今宫先生会知道'——从这个说法来看，大概不是家父和山之内先生事先讲好的数字。我想，是山之内先生相信家父一定明白其中含义。"

"嗯，应该是这样。"来夏应和道。

"塑料箱的盖子里放了防潮剂，使得箱子一直处于密封状态。里面装的无疑是精密仪器。"

"会是相机吗？"

"应该是。"

今宫掏出了刚才收购相机时所做的笔记。

"我知道了，原来如此。"

知道？来夏不禁疑惑，同时也觉得好奇，只见今宫在笔记上写起了什么。

"感觉像来自天堂的挑战书呢。仿佛在说'前老板应该很快就能解开，那你呢？'"今宫自言自语地说着。

"好了。"他嘟囔了一声，"请试试我下面说的几个数字：0、7、3、4。"

来夏照他说的拨动密码锁，铁盒似乎发出了"咔嚓"一声轻响。

她打了个冷战。

想方设法也未能打开的盒子，此刻终于开启，自己理应兴奋才是，却莫名感到犹豫。

"请您打开吧。我这个第三代老板究竟合不合格——"

今宫把盒子端到了迟疑的来夏面前。她轻轻地碰了碰盒子表面，传来了一阵冰凉的感觉。来夏正襟危坐，左手托着盒子，右手揭开盖子。

稍微用点力，盖子便一下子打开了。

"咦？这是……"来夏欲言又止，倒吸了一口冷气。

不知凝视了多长时间。她控制住几欲颤抖的手。为什么里面会有这种东西？

盒子里面，是一只手枪。

有扳机，有枪口。

来夏理应有所察觉的，为何它被锁进了打不开的盒子里。正因为不想让自己看到，才被藏在了盒子里啊。

今宫戴上白手套，从盒子里取出了手枪。

"啊，上子弹了吗？"

今宫把枪口对准自己的脸，查看内部，手指还勾在扳机上。要是用力扣下了扳机——

情况不妙。

来夏急忙想阻止他，可呼吸突然困难起来，指尖冰凉，浑身冷汗直冒。

或许发觉了她脸色的变化，今宫赶紧补充道：

"对不起，没发现您不知道。我应该先讲清楚的。这其实是相机，不是手枪。"

来夏盯着他手中那个跟枪一模一样的东西，仔细一看，枪口确实有镜头。

"这款相机叫Doryu2-16，是一款枪型相机，生产于1954年左右，在相机迷中间口碑不错，用的是16mm的电影胶片。"

来夏的呼吸终于恢复了正常。

"不好意思……我真的很怕那些能让人联想到鲜血、事故的东西。再加上事出突然，把我吓了一跳……原来是相机啊。"

"不好意思的是我才对，抱歉，让您受惊了。"

今宫滑动Doryu相机上的滑套，就跟操作真实的手枪一样。枪发出咔嚓的响声，动作看上去跟电影里的警察如出一辙。"枪口是镜头，扳机是快门。"他一边说着，一边把一只手臂伸直，对准墙壁开了一枪，顿时响起"砰"的一声。大概是看出了来夏的表情，今宫把手枪藏在背后，避免让她看见。

"原理和真枪几乎一样，通过滑动上面的滑套，来装填子弹。虽说是子弹，其实是类似闪光灯的镁光弹。"

今宫背对着来夏，继续检查Doryu相机的状态，她凑过去，小心翼翼地从背后观望。质感果然跟手枪一模一样。

"您要摸一摸吗？"

这只是相机——来夏在脑袋里不停地强调。

"啊，害怕的话也不必勉强自己。我马上就收进包里。"

"不要，没问题的。"

来夏想碰一碰。一旦卖掉，可能就再也没有机会了。今宫转过身来，小心地把 Doryu 相机搁在她的掌心里。

好沉……尽管自己没有拿过手枪，但重量肯定跟这个一样吧。枪口确实有镜头，周围还能旋转，大概可用于对焦。

由于一直盯着，来夏又觉得呼吸困难起来，随即把 Doryu 相机还给了今宫。她看着今宫谨慎地将相机装进了大包里。

"相机为什么要做得跟手枪一样呢？"

"主要是便于警察拍摄证据。单手就能拍照，好像很方便。大喊一声'把手举起来'，还能拍下犯人惊恐的样子。虽然不确定有没有被实际应用过。"

来夏与今宫双眼对视，两人却又立刻挪开了目光。

"好点了吗？"

来夏不知做何表情才好，只是眼眸低垂地点点头。

"没事了，对不起。"

"收购遗物时，有时会蹦出意想不到的东西呢。藏在深处的，往往是容易被家人——应该说是被太太责骂的东西，价格特别高。"

今宫露出了微笑。

"不过，您是怎么猜出这四个数字的呢？"

"收购时，我发现有一台柯达 Signet35。纵使收藏众多相机，那也应该是山之内先生特别喜欢的吧。毕竟被摆在防潮箱的最顶层。"

他从包里翻出了一台相机，尺寸就跟相机宝宝一样小巧可爱。顶部有两个拨盘，是款外形复古的银色相机。

"就是这台。请您仔细看镜头部分。看到什么记号了吗？"

来夏定睛一看，镜头的黑色边缘上用白字写着"RS13548"。

"RS。"

"没错。字母代表相机的生产年份，后面的五个数字是生产型号，RS表明这台相机生产于1957年。"

说完，今宫拿出了笔记本。上面写着"CAMEROSITY"。

"这串字母中，C代表1、A代表2、M代表3……每个字母都依次对应着数字。因此，山之内先生写下的字母，对应的是0、7、3、4。柯达的罗切斯特工厂生产的Ektar镜头就是这样加入生产年份的。"

"难怪我一直想不明白。"

"这个密码只有喜欢相机的人才会知道。也可能是他很不想让你看到盒子里面的东西。"

前老板还在的时候，今宫相机店并没有上门收购的服务。他本想趁身体健康的时候，亲自去推销，可后来走路也变成了一种煎熬，哪儿还顾得上转让相机。

这大概是他想出的一道苦肉计吧，为尽量不吓着家中孤身一人的自己——意识到这点时，来夏觉得眼眶有些发热。但在今宫面前得想办法忍住。

"请仔细看这枚镜头，在现存的柯达Signet35中，很难见到镜头被保存得如此完美的。它正是被誉为珍宝的三组四片Ektar镜头，其成像——"

今宫滔滔不绝地讲起了 Ektar 镜头的优点：唯独生产胶片的柯达才能实现的精妙、柯达 Signet35 在相机界的地位、用当时的售价和物价做对比，还详细说明了据称是"胶卷之祖"的柯达的变迁。

来夏露出了客气的笑容，心想今宫给人的印象沉默寡言，可一说起相机就变得格外健谈。看来他是发自内心地喜爱相机。男人一个劲儿地描述爱好的样子感觉有点温馨，来夏没有打断他，一直听到了最后。

"——总之是一台非常优秀的相机。我很担心自己有没有彻底说清它的好处。"

"讲得很清楚了，谢谢。"

讲完相机的今宫一脸神清气爽。他看了眼手表，似乎很惊讶时间的流逝。

"那么，我先回店里估价了，届时电话联系。如果金额没有问题，我就直接把钱送过来。到时候，鉴定明细也会一同给您，还烦请您签字盖章。若无法接受鉴定结果，取消这次交易也没有关系。我想想……12 台相机加镜头，以我刚才的目测来看，大概值这么多。"

今宫用手指在空气中写出了数字。来夏不太懂行情，可这数字比自己预想的高出几倍，不由得大吃一惊。

"请问，收购费我可以自己去店里拿吗？"

"当然可以。"

"好，那我亲自去。是在谷中吧？"

"周一是定期休息日，每月的第三个周二也休息。您可以随时打电话，我都会做好准备的。"

尽管最近完全没机会去，但来夏很喜欢谷中那条复古的街道。漫步谷中银座，买一点可乐饼，边吃小食边走路的感觉非常愉快。那里有自己喜欢的杂货店，好像也有能订制衬衫的可爱西装店。可没想到谷中竟然还有相机店。

其实，来夏决定亲自去谷中，还有其他原因。她想亲眼看看今宫相机店的样貌。

目送今宫离开后，家中又恢复到一片寂静。

来夏本来一直在附近的豆腐店勤勤恳恳地打工，可爷爷婆婆年事已高，今年把店关掉了。此后，她始终找不到新工作，只是生活在狭小的三角形里，附近的小图书馆、冷清的超市，以及三角形的顶点——自己的家，都好久没见过人了，大脑莫名感到疲惫。她自己也明白，不能一直这样生活在封闭的圈子里，但她不知道今后要怎么办，不知道究竟想做什么，也不知道该怎样活下去。

真的好久没跟人说过话了。也好久没听见自己的声音了。

——来夏，起床了——

——还没到呢，我好困啊——

——再不快点穿衣服，就要迟到喽——

——不然今天请假吧——

第一章　打不开的盒子的密码

——不行，留级了我可不管——

——绝对不能留级。我马上起来——

来夏在闹钟声中醒来，迷糊了一会儿。或许因为很久没开过闹钟了，睡梦中她想起了以前的事。

走出日暮里站的西出口，来夏一边爬坡，一边看着左手边的谷中陵园外墙。去过的咖啡店还在，佃煮[1]店和仙贝[2]店也是老样子。没有任何变化——这令她舒了口气。

来夏四处转了转，对着以前买来的地图上的标记，四处寻找相机店的位置。店铺离主街道谷中银座有点远，必须往羊肠小道的方向走，不过机会难得，她想绕点路，从谷中银座穿过去。

这是个晴朗的秋日。时间为工作日的上午十一点前，许多店铺都尚未开门。来夏往分岔路的右边走，下坡的时候发现熟悉的杂货店还在，她想起以前在这里买过编织袋和围裙。

来夏站在夕阳阶梯的顶部眺望着谷中银座。自那以后发生了不少事情，可这条街道似乎与从前没什么不同。刚好有电视台在拍外景，也许是想拍下复古的街道吧。为了不打扰他们，来夏迅速从一旁穿

1.　佃煮是将小鱼和贝类的肉、海藻等海草中加入酱油、调味酱、糖等一起炖的东西。——译者注

2.　仙贝是一种日本米果，大小形状不一，经常作为休闲小吃与绿茶相伴，并作为一个礼貌的茶点提供给到访的客人。——译者注

过，此时突然飘来一阵香味，肚子咕咕叫了起来。她有点惊讶。是啊，空肚子会叫，这是再自然不过的事情。她仔细一看，可乐饼店的老板正在摆刚炸好的可乐饼。自己很久没有过食欲了，便想着回家的时候买一份。

路过以前就有的生鲜店、复古理发店后，来夏不禁睁大了眼睛，看见一家漆黑的店铺里闪烁着色彩缤纷的光芒。似乎到了玻璃灯店的开门时间。光亮、色彩、人的气息，自己的五感快跟不上各种各样的刺激了，她差点停下脚步。

来夏把地图倒过来又倒回去，转了好长一段时间才找到类似的建筑物。这是什么时候建成的呢？古老的二层木楼都可以称之为老民宅了。一楼似乎是店铺，木门上用金色的文字写着"今宫相机店"。玻璃大概也是老古董，看起来有点歪曲。墙上挂有木牌，用毛笔写着"暗室可借用"。"暗室还可以借用的吗？"她定睛一看，里面的今宫刚好抬头看到了自己。只见他从深处的椅子站起身来。今天的头发依然弯曲而蓬乱。

今宫示意来夏进来。她进门时打了声招呼，叠起地图。店里面弥漫着咖啡的香味。

"地图？您没有手机吗？"

"没有手机的。"

他似乎挺惊讶。

"没有手机很不方便呀？"

"我很少用手机，不，完全没用过，所以没什么不便。"

店铺的左半边是小小的展厅，装饰着许多黑白照片。

店里有一股独特的宁静，有点像无人的图书馆。

右边的墙壁前放着古典的玻璃柜，相机整齐地排列在上面。来夏屏住了呼吸。相机店和想象中的批发店截然不同，反而更像博物馆。有的相机外形粗糙，足以称之为老古董；有的相机经过多年打磨，泛着暗淡的银色或深黑色光泽。除了传统造型的相机，还有箱形、蛇腹形、老相馆用的大箱形、质感如玩具的相机，甚至有长得跟拨盘电话一样的相机，这些相机该怎样使用都不知从何下手。

也有的相机把拨盘、转轮都露在外面，使人联想到精密的仪器，最近的相机都很少见到这些。隔壁柜子上则摆满了镜头。

小小的店铺约莫能容下十人，来夏一时被挤满墙壁、密密麻麻的风景吸引了目光。

她瞥了一眼标价，纤细的斜体字写明了数字。她数了数有几个零。价格范围宽广，从一万日元以下的到十万日元的都有。摆在上层的不知道是什么稀有品，零看起来特别多，屈指一数，居然要两百三十万日元，不觉目瞪口呆。

来夏望着柜子，发现了一件事。

"话说，这里没有数码相机吗？"

"没有呢。我们这儿只有胶片机，主打古典式相机。"

她寻思这年头，不卖数码相机的相机店，生意真的能做下去吗？

来夏被安排坐下后，今宫也隔着木制旧收银台坐在了椅子上。不知是从哪里办置的，连出纳机都充满了年代感。

"您一个人住在那座房子里吗？"

"嗯。"

今宫泡的咖啡，细细品来格外美味。

估价的明细单上用纤细的字体写得一清二楚，来夏签字后便盖了章。今宫把捆好的纸钞在来夏面前认真清点一遍后，装进信封里递给了她。

来夏把见到今宫后打算问他的话在脑子里整理了一遍。从店铺的样子和今宫能立刻解开盒子之谜的知识量来看，说不定他知道些什么。

"请问，有没有叫樱花的相机呢？"

"咦？您要找相机吗？"

今宫看起来很开心。

"不是这样的，只是好奇有没有相机的名字跟樱花有关。"

"有的哦。虽然现在变成柯尼卡美能达了，但在柯尼卡还叫小西本店的时候，生产过一款叫 Sakura Refle×Prano 的相机。如今似乎没有现存的了。"说完，今宫从柜子里拿出一本关于古典式相机的书籍，熟练地翻动书页，给来夏展示了一款长得像四角形盒子的相机。镜头部位有突出的蛇腹，属于地道的老相机。

"剩下的只有 Sakura Reflex 的试验机型——"

"不好意思，我也不清楚是不是真的指相机，总之和樱花、暗沉的天空、雪花几个词有联系，只是觉得万一和相机有关的话……"

"这样啊。"今宫若有所思，"现在生产相机的只有大公司了，但五十年代的时候，小镇工厂也能生产相机。当时生产了特别多的相机，甚至双反相机名字的首字母从 A 到 Z 应有尽有。说不定哪台相机的名字就跟樱花、暗沉的天空、雪花的组合有关联。很抱歉，符合全部关键词的相机，我一时有点想不起。樱花和暗沉的天空啊……"

今宫陷入了沉思。

"啊，没关系的。刚才的话也不确定是否指相机，请别放在心上。"

"本店是开了三代的相机店，我爷爷已年近百岁，但身子骨依然硬朗，对相机十分了解。我自己也跟日本相机博物馆的策展人关系不错，还有的熟客就是行走的相机史，我一定会找出刚才所说的与樱花有关的相机，只要给我些时间。"

"谢谢您。"

来夏喝了口咖啡。

"话说您平时都做些什么呢？不好意思，我猜您应该不是学生吧？"

今宫看着来夏说道。

"现在没做什么。都二十四岁了，还吊儿郎当的很不像话吧。"

"怎么说呢，我只是看您特别成熟，不像学生的样子而已。"

事实上，来夏的衣装发型都不是眼下时兴的款式，以前就常被人说看起来比真实年龄更成熟。成熟听起来好听，但意思就是土气吧。不过，比起鲜艳的色彩，来夏更喜欢灰色、黑色和深褐色；比起迷你短裙，长至膝盖的裙子更合她意；比起散开未经染色的直发，更喜欢扎成一个丸子头，这样自己也比较适应。她几乎没有佩戴首饰，妆容也很清淡。

"请问……"来夏下定决心，"这家店只有今宫先生一个人吗？"

"是啊。"

"那么招兼职吗？比如看店啊、打扫啊之类的。"

今宫一言不发地眨眨眼睛，来夏则直直地看着他。

"唔，对喔……我正好准备增加人手了。"今宫指向身后的门扉，"里面是间修理工作室，最近收购和修理的东西都变多了。另外，我也在摄影班担任客串讲师，偶尔教人怎么成像、摄影。现在课程的数量也在增加。要是有个人帮忙看店，我干活的时候也更专心。"

"我对相机几乎一无所知，但如果您愿意雇佣我，我会努力学习各种知识的，而且我也擅长打扫卫生。"

来夏说完，今宫露出了微笑。

"这样啊……"

他寻思了片刻。来夏默默等待回复。

"那就麻烦您了。我想想啊……虽然恨不得让您马上入职，但咱们明天正午开始怎么样？一直到傍晚六点，正好六个小时。我给不出太高时薪，可起码的还是会有。"

"那明天开始就拜托了。"

来夏盯着今宫蓬松而奔放的卷发，低头说道。

"你等一下。"——来夏刚走出店铺，路边就有人叫住了她。今宫相机店的斜对面是家团子店，一位笑呵呵的老婆婆正坐在店门口。她穿着优雅的和服，一脸慈祥，来夏也跟着露出了微笑。

"年轻女客一个人去那家相机店还蛮稀奇的呢。"

"我明天就开始在那里打工了。"

"什么？打工？在第三代老板手下？"

不知为何，老婆婆显得格外惊讶。

"太不可思议了，原来是这样子呀，你吃吧。"说着，她递来一串团子。

"谢谢您。"

来夏坐在塑料圆凳上。团子上的蜜汁黏黏的，香甜可口。老婆婆还请她喝了茶。

"迄今三十四年，只对相机、齿轮、镜头、螺丝钉感兴趣的今宫第三代终于……"

"不不，不是您想的那样。是我主动托他雇佣我的，我想了解有关相机的各种知识。"

来夏慌了神，对方似乎有什么奇怪的误解。

"原来如此。"

也不知什么原来如此，老婆婆笑吟吟地端详着来夏的脸，来夏赶紧把茶喝完，一声也不敢吭。

打不开的盒子打开了。

出来的究竟是不是诅咒，目前尚不可知。

唯一确定的，是来夏静止的时间又开始流动了。

她预感有什么事情即将发生，回头看向今宫相机店。

明天似乎要忙起来了。

Doryu2-16

第二章

黑暗的房间里,
少年只身一人

连日来气候寒冷，但这天稍微暖和了点，来夏不禁舒了口气，买了两份西伯利亚蛋糕。在通往谷中银座的七面坂的分叉口，狗狗咖啡厅的隔离网里有只幼小的柴犬，来夏"喔喔喔"地唤了几声，它立刻摇着尾巴凑了上来。沿着夕阳阶梯走下去，可以看到一群边吃边走的行人。或许因为穿得太多，大家看起来都圆滚滚的。单手握着可乐饼的人不知为何看起来十分幸福。

她稍微习惯了工作。基本掌握了记账的方法，胶片等消耗品的销售，自己一个人处理也没问题。

今宫跟平时一样，来夏过来后先跟她打招呼、下达工作任务，静静地丢下一句"那么今天就麻烦你了"，便把自己关进了里头的工作室。

过了一会儿，来夏发现咖啡豆快用完了。今宫喜欢附近店家自己烘焙的咖啡豆，她准备去添置些，于是走向工作室报备。

由于没有回应，她轻轻地推开了门。只见今宫的侧脸全神贯注，正专注于手头的工作。乱蓬蓬的头发被扎成一束。来夏不好意思中途打断，便一直在窗边等着。

今宫的指尖没有丝毫犹豫，三下五除二地把零件拆了下来。指尖的动作快如加速的画面，没有一点多余，有种物归原位的精确感。他似乎在拆分相机以方便修理。

来夏回过神时，发现今宫正看着自己。他一只手握着类似螺丝刀的工具，整个人无言地愣住了。

"不好意思。"

"不好意思。"

两人同时开口，又同时沉默。

"我完全没发现。"

"没事。刚才感觉不好打扰你。一直找不到时机，对不起。"

说了咖啡的事情后，今宫让她待会儿去买。

他手中似乎是台拆到一半的相机。小巧的外形可以托在掌心，十分古旧。

"这个能拍——"

能拍照吗——这句傻话还没说完，来夏就咽了回去。正因为能拍照今宫才会修理，况且在二手相机店问这种理所当然的事情，未免过于失礼。

今宫笑了起来。

"能正常拍照。这是日本产的 Picny 相机，由宫川制作所制造，年份大概是 1940 年。你要看看里面吗？"

来夏凑近了些。看是看到了，可内部的构造错综复杂。一个个零件叫人满头雾水，它们细致地组合在一起。

"三越百货好像卖过这款相机。相机主人买回来后，应该特别开心，赶紧用它拍下了家人吧。"

没错，这家店里的相机曾经都拍摄过什么——来夏这才注意到如此理所应当的事情。

"每台相机各有往事，就这点而言，世上没有两台相同的相机，感觉挺像人类的呢。"

今宫轻声说道，凝视着手中的相机。

来夏准备去买咖啡豆时，在相机店门口又被团子店的老婆婆叫住了。她笑容优雅地说："你来一下呀。"

奇怪的误会似乎仍未解开，来夏谨慎地走向店里头，生怕她会说些什么。

"最近的枫叶特别好看，根津神社的枫叶就挺不错。"

"是呀。"

"你邀请他去赏枫嘛。"

"咦？您是说今宫先生？"

"除了他，还有谁。"

"不好意思，我们不是您想的那样。"

"邀请一下又没什么。他肯定会带上五台相机加银色的圆形玩意儿，拍上两千多张照片呢。"

来夏苦笑了起来。

"不用您费心……我先去办事了……"

看来老婆婆的误会难以消除。她莫名觉得有些疲惫。

工作日的午后基本上没事，来夏便慢悠悠地擦窗户、清理柜子上的灰尘。正当她整理垃圾，给罐子、瓶子进行分类时，"那只饼干罐请留下。"今宫如此说道。来夏在店里工作了一段时间，可今宫的态度一如既往，自己在的时候，他几乎都待在里头的工作室，只有打扫的时候才会出来。对来夏而言，除了工作指示外，几乎没有闲谈的感觉，还是挺轻松的。

熟客刚知道来夏在这里打工时，不知为何都显得特别惊讶，他们目不转睛地盯着来夏的脸，又瞥了一眼从工作室出来的今宫，接着再看看来夏，一脸意味深长的表情。

被问到该如何称呼时，来夏都回答"我叫山之内"，而被直接问名字的时候，则回答"是来夏"。每到这时，人们必定会问"嘿，Leica[1]啊。令尊喜欢相机吗？"若回答父亲已经不在，对方定会照顾自己的感受，因此她只是暧昧地点点头表示肯定。

今宫相机店的前半部分为店铺，里头为修理工作室。来夏一边打扫，一边观察着精巧的弹簧和细小的零件，从未见过的、长得像指南针亲戚的工具，以及形似护目镜的眼镜。还有修理到一半、正在拆分的老相机，盘子上摆着分好类的小螺丝。感觉一个喷嚏就能把它们吹

---

1. 来夏（らいか）的日文发音与徕卡的发音相同。——译者注

飞，来夏如此想到。工具虽然用得频繁，但每一样都经过了悉心的保养，摆得规整有序，足以使人感觉到今宫的性格。打扫的时候，来夏注意避免不小心碰到这些物品。

工作室里的物品和工具，一看到它们的布置，就能知道常年从事维修的今宫的特征，比如他惯用的是哪只手、手臂多长、在桌子上手能够到的范围、使用频率高的工具、平时习惯把手臂搁哪儿……即使今宫不在这里，它们也滔滔不绝地描述着他的故事。

修理的时候，今宫的动作没有丝毫的多余和犹豫，看上去速度很快。可如果一个劲儿地盯着看，他会因为在意视线而乱了节奏，所以来夏尽量不去打扰他。

按照今宫的说明，任何被归为机械式古典相机的产品都是伟大的。比如德国相机徕卡，做工扎实，只要做好检修与保养，足够一家三代当宝贝使用。而数码相机跟电脑一样，内部零件会不断进化，因此就无法作为传家宝。尽管古典式相机的结构老旧，可修理得当的话，现在也能继续用——说起这些时，今宫会显得特别骄傲。随着胶片的升级，有的相机甚至比以前拍得更好看了，这一点让来夏十分惊讶。

工作室的旁边是暗室的入口，可以借给想自己洗照片的客人，多少个小时都没问题。靠近暗室时，一股类似醋海带的怪味扑鼻而来，但里面似乎特别好玩，借用的熟客有不少。

二楼是今宫日常起居的生活区，白天除了今宫，好像没人进出那里。

时间临近下午三点。就在来夏洗手准备泡咖啡时，店门哐啷哐啷地响了。

那里站着一位背双肩包的小学生。刚以为他八成是来借洗手间的，只见今宫立即亲切地说道："好久不见啦，欢迎光临。"

"啊。有新人了呀。"小学生用伶俐的目光打量着来夏说道。

"我们正准备喝茶，古田君也要一杯吗？"

被唤作古田君的少年点点头，把双肩包搁在了地板上。

"谢谢，那我就不客气了。"说完，他坐在了收银台前的椅子上。

来夏在柜台里头泡着咖啡，寻思该给古田君喝点什么，这时只听见今宫问道："古田君和平时一样喝咖啡吗？去糖，多放点牛奶？"

"是的，麻烦了。"古田君说道。来夏刚转过身去，就听见他担忧地悄声问今宫："招人进来，生意没问题吗？"看来小学生也在担心经营问题，她不禁苦笑起来。

"古田君虽然才小学五年级，却是个前途有望的相机迷。他爷爷的藏品很不得了，叫人叹为观止。"今宫似乎非常开心。

"那件事让我超级期待啊——"古田君与今宫开始了狂热相机迷的演讲。两人的年龄差距超过二十岁，可他们愉快得仿佛忘了这件事。

端上咖啡后，古田君表示感谢，看起来他喝得很开心："果然有名女性在，店里的氛围都活跃起来了。"不知古田君从哪儿学的这句话，说得跟大叔似的。

"只要中考顺利，爷爷就会把收藏的 BESSA 送给我，所以我现在拿出了真本事。"

"来夏小姐知道 BESSA 吗？"今宫问道。

自从来到这里，来夏也开始读有关古典式相机的书了，虽然知道 BESSA 这个名字，却想不起实物长什么样。

今宫从工作室里拿出一台相机。"这是 BESSA Ⅱ。"他展示给来夏。看上去像如今所谓的卡片机，可单薄的机体上四处不见镜头。古田君也笑嘻嘻的，来回看着相机和来夏。

"你看。"今宫按下小按钮打开前盖，镜头立刻随着皮革蛇腹从里面弹了出来。小盒子仿佛突然摇身变成了古董相机，就跟变戏法似的。相机的精巧构造让来夏看入了迷。

"为方便携带，平时单薄，拍摄时能变大的设计方式，我认为在相机界是一大革命，属于老西德福伦达的结构美。这是 1950 年左右的相机。"说完，他把 BESSA 递给了来夏。

来夏小心地双手捧着相机，完全不知所措，不明白按哪里才好。

"快门装在左边的设计也很古朴呢。"古田君说道。

"这台相机好厉害啊。感觉适合摆在家里细细欣赏。"来夏把 BESSA 交还给今宫，她刚这么说完，今宫和古田君便异口同声地反驳道："说什么呢，当然要用来拍照了！"

"相机也是机器，这类老相机就是得用来拍照，不能束之高阁。"

"这样能防止发霉，而且不装胶片，光听听快门声也超级棒。"

古田君按下快门，相机发出了轻轻的咔嚓声。

"啊……这个声音。"

"对对，就是这个声音。"

古田君如痴如醉地说道，今宫也在旁边连连点头。

"不过，毕竟这相机很旧了，蛇腹部分又是皮革的，问题无可避免啊。"今宫打开了 BESSA 的后盖，"请看里面。"

来夏看了看相机内部，里面光亮点点，如同星空仪投影出的星空一般。蛇腹的褶皱部分似乎破了小洞，有光漏了进来。

"相机内部必须是完全黑暗的。哪怕有一个这样的小洞，胶片都会因曝光而无法拍摄。所以这台 BESSA 我都没摆进店里。这么多洞根本无法填补，只能自己重新做一截蛇腹。"

"我即将得到的 BESSA 快门有点问题，也需要修理。等我通过考试，拿到相机了，就立刻送来这里。"

今宫也笑了。

"等你哦。祝你考上。"

接着，两人又回到了热火朝天的相机演讲中。为了不打扰他们的雅兴，来夏来到了窗边。

不知何时，放在地上的双肩包倒下了，折到了插在包里的卷画。

来夏捡起画递给古田君。

"这幅画可能折到了，不要紧吗？"

"啊，这个已经打完分了……"

古田君低垂着眼眸。

"好想看古田君的画啊。""不行。""怎么都不行吗？""不行。""看一眼也不行吗？"今宫与古田君继续着跟小学男生一样的对话。

最终，古田君羞涩地展开了画作。

"好厉害啊，最近的小学还画抽象画吗？"今宫佩服地呢喃道。

"啊，这个画的是长颈鹿。"古田君则有些红着脸小声说。古田君过于老成，来夏本怀疑他的内在或许是个大叔，但重新认识到他仍是个小学生后，她有点放心了。

"——理论上也许可行，但我觉得不行。""不，我认为或许能行。"后来，两人就什么事讨论了一会儿，古田君突然看了眼手表说："呀！都这个时候了，补习班要迟到了。被妈妈知道就完了。她最近的口头禅是'我要扔了你的相机'。"他接着叹了口气，摇头道："男人的浪漫得不到理解，真是痛苦。"

正要回去时，他转向来夏，高兴地说："啊，下次我会做一台相机。"小学生真可爱。来夏心想肯定是什么纸手工，于是回应道："做好以后一定要让我看看呀。"

事件发生在几天后。

　　当时，来夏正在里面的工作室做打扫。平日轻响的店门发出了"砰"的一声，空气陡然紧张起来。外头传来了女人的声音。今宫正在应付对方，所以来夏没有出去，但状况越来越严重，女人的怒吼声甚至穿过了门扉，她不由得停下了扫除的工作。

　　"你要怎么补偿！在这么关键的时候！你知道现在到底多重要吗——"

　　今宫的声音虽然听不清楚，但还是知道他在安慰对方。

　　"在关系到孩子人生的时刻，我公公干吗要教他什么相机啊！"

　　是一位母亲——来夏直觉到。正在发火的人，是古田君的母亲。

　　声音变小了，两人的谈话声只能听到只言片语。来夏把耳朵贴在门上。异常——不正常了——神经衰弱——电脑也全部搬出来了——都扔在了走廊上——怕光，这些非同寻常的词语令来夏皱起了眉头。

　　"我都卖掉了，那些是什么玩意啊！那种脏兮兮的破烂根本一文不值。总之，麻烦你别再跟那孩子扯上关系了，下次再敢卖他东西，我就去消费者厅[1]投诉你！"

　　前所未闻的"砰铛"一声巨响震撼了房间。

　　来夏提心吊胆地从工作室门后探出头来。

　　"要去消费者厅投诉应该很难吧。"

---

1. 日本消费者厅（Consumer Affairs Agency）是日本内阁行政机构，它在2009年9月1日成立，该机构负责保护消费者权益。——译者注

今宫神情疲惫地揉了揉肩膀。

"是古田君的妈妈吗？"

"嗯。"

"来发牢骚的吗？"

"好像是的。前阵子的模拟考试中，古田君的成绩似乎下降了点。于是她趁古田君上学的时候，把他的藏品统统卖掉了。"

来夏绷紧了嘴唇。

"古田君的志愿是那所名门中学。"

今宫说出了一所日本数一数二的名校，恐怕谁都听说过。

"不管怎么样……这也太过分了。"

"听古田君说，他爷爷是个相当狂热的收藏家。有相机迷垂涎的Tropical Lily、全球限量912台的黑色阿尔帕10D，在发售当年，一台徕卡M3的价格足够买一栋房子了。光听这些藏品，便能知道他们家从前就是富裕的大户人家。不过，真正的有钱人并不会给宝贝孙子狂买高价相机。爷爷从未送过古田君相机。"

"那，古田君的藏品是？"

"几年前来着？好像是两年前吧，古田君突然一个人在店里看起了相机。"今宫指着店门附近的篮子。

"那只篮子里的都是处理品，虽然能用，但破破烂烂的，总之专门放些不能卖的相机。当年，古田君开始热衷于细细端详每一台相机。"

今宫怀念地眯起了眼睛。

"感觉跟小时候的我一个样，于是就跟他聊上了。"

来夏默默地凝视着今宫。

"虽然零花钱被管得很严，但补习班的路上，古田君通过在便利店买甩卖商品，一点点攒下了零钱，似乎这样挤出了相机钱。所以全是些十元和五十元的硬币。经过深思熟虑后，他选出了一台相机。那是国产的量产机，价格不算贵，但拍照不错。我附赠了一卷黑白胶片，还有免费冲洗体验券。"

今宫伸了个懒腰。

"原本我以为那只是小学生一时的好奇心，结果古田君兴高采烈地跑来店里，说自己拍了照，想试试冲洗。后来就成了熟客。尽管净是些处理品，可我觉得被他买回去的相机都很幸福，能得到他如此的喜爱与珍惜。爷爷一定是在看到他那副模样后，才有了把藏品中被誉为名品的福伦达让给他的想法吧。"

来夏长叹一口气。

"明明都是宝贝，他妈妈却卖掉了呢。"

"没办法啊，母亲都拼命为孩子的前途着想，毕竟出事的时候，大家喜欢把责任推到母亲身上。"

"可还是太过分了。"

今宫的表情也阴沉了下来。

"古田君现在的精神状态似乎有点不稳定。把家具都扔了出来，一个人闷在房间里。他妈妈已经无计可施了……"

"我想去说服他妈妈。那么重要的宝贝，沟通之后说不定她能理解，而且——"

今宫静静地摇摇头。

"我知道古田君上补习班的时候有定期车票，但不知道他在哪站下车，也不知道他家住哪儿。连最近的车站都不知道。我甚至不知道他叫什么名字。"

"那上网搜搜。"

"姓古田的很多。"

来夏沉默了。

"忘了这件事吧，我们什么都做不了。我只是个卖相机的，而古田君是客人，仅此而已。"

尽管今宫这样说，但仿佛是说给自己听的。

几天过去了，今宫与来夏再也没提起过这件事，也可以说是有意避开。这天，今宫中午就离开了相机店，去摄影班讲课。别说客人了，店门口连行人都没几个，非常安静的一天。平日生意兴隆的团子店今天也很冷清，老婆婆也没出现在店头。季节即将入冬。

来夏翻开笔记，在昨天卖出的柯达 Signet35 的旁边做了个记号，并标注好日期。

在柜台看台账，检查胶片的库存时，听见店门咣啷一响，来夏把视线转向了门口。看到帽子和双肩包的瞬间，她以为是古田君来了，赶紧从椅子上起身。

"古田君！"

可帽子下的脸庞长得不一样。少年神色慌张，很在意身后的店门。

"这里是今宫相机店吧？"

来夏点点头。

"阿聪拜托我过来的，让我把这个交给你们。"

他拿出一捆纸张。

"等一下，阿聪就是古田聪？古田君的身体还好吧？"

"学校那边休息了一段时间，但补习班还在正常上课。反正他让我把这个给你们。我要走了。"

"等等——我有话要问！"

"坦白说，我不想再跟他扯上关系了。他老妈——"少年似乎冒起了一堆鸡皮疙瘩，"他老妈蛮不讲理。我跟阿聪聊过游戏，他也听得津津有味。我压根没劝过他买游戏，我们只是闲聊而已。结果第二天，他老妈大吵大闹地冲到我家里。怒吼着'你这卑鄙小人，想把小聪踢下去吗？'我爸妈也挨了一通骂。她让我别再跟阿聪往来了，不然就起诉我。"

少年一口气都说了出来。

"现在上学放学，每天都是那位偏激的阿姨开车接送。阿聪在补习班的厕所等我，叫我一定要把这些送去今宫相机店。我拒绝得很坚决，但他说不会给我惹麻烦，只是普通的打印纸而已。话说我可以走了吗？"

少年往后退了退，转身后开门就跑。来夏追上去，对着少年的背影大喊想让他等一下，可少年飞也似的消失在了转角。

连学校名字也没问出来，来夏都想抱头哀号了，可当务之急是那捆打印纸，上面肯定有什么信息。

打印纸似乎是补习班的测验试卷。B5尺寸，从厚度来看，约有二十张。每张纸上都用强有力的笔迹写着古田聪，几乎全是满分。好像是几个月下来的小测验，日期杂乱无章，也没有按日期排列。

数学题差不多都是小学生的题目，比如给七角柱的九个面标序号、求正六边形阴影部分的面积等，但全是些来夏不会做的。她寻找着信息，可怎么也找不到类似信纸的东西。反复看了很多遍，来夏心想"信息万一写得非常小呢"，于是从工作室里借用了放大镜检查，她又想到日期和分数或许能组成什么信息，试着把数字列了下来，但似乎没有规律性。

这就是小测验而已。

为什么要送来这种东西呢——来夏不解。难道古田君的心理状态已经严重到这般地步了？他非常想来，却又来不了，所以起码把小测验试卷送了过来？既然如此，不用试卷也可以啊。

想不通。来夏趴倒在桌面，一张打印纸飘落在地板上。捡起来时，她发现背面有铅笔划痕。那是一条线。

来夏灵光一闪，把全部的打印纸都翻了过来。结果，每一张背面都划有线条。有的弯弯曲曲，有的像塔一样尖锐。

原来是画。来夏有了头绪。她顺着线条，像拼图一样把一张张纸组合起来。

"大功告成。"

这是一幅巨画，由五行五列的 B5 纸张组成，面积约一榻榻米。来夏用透明胶带把画临时固定好。画面看起来一气呵成，似乎是街道的铅笔速写。纸张凌乱的时候，根本看不出是什么，但像拼图一样组合起来后，就成了一幅精妙绝伦的街道速写。

足以称之为豪宅的房子并排而列，远处可见类似砖墙的东西。深处树木林立，还能隐约窥见有车辆停在其间。

来夏凝视着画面，突然感到一阵寒意。这画工直叫人毛骨悚然。不管怎么看，这都跟小孩子的——之前看到古田君画的长颈鹿相去甚远。来夏也想过或许是成年人的代笔，但那样的话，完全不懂送来这些的意义是什么。

难道在失去相机后，古田君想自己成为相机，执着于把眼中所见的景象细致地描绘出来？来夏想起了一幅画——有位画家随着大脑病情的恶化，绘画的笔触也逐渐变得截然不同。说不定古田君的心理状况比自己想象的严重多了，来夏看着这幅画，陷入沉思。

店门咣啷响起，胸前缠着红围巾的今宫回来了。

或许从来夏的脸色中察觉出了什么，刚一进店他便问道："出了什么事？"

"今宫先生，你看这幅画。"来夏边说边指着画。

她道出了今宫离开期间所发生的事情。古田君的朋友来了，而且那名少年非常害怕。

"原来如此，于是你发现背后藏着一幅画，心思挺敏锐的呀。"

"但我非常担心。古田君画这幅画的时候是什么样的心情？他为什么要把画送来这里……"

今宫观察了片刻，默默无言地把整幅画倒了过来。

在来夏准备收工回家时，"明天请穿球鞋过来。"此外今宫还补充了一句，"穿得暖和点。"

次日，穿着球鞋的来夏刚到店里，就正巧碰上了出门的今宫，他仍旧裹着围巾，在店门口挂上了"临时停业"的牌子。

"有件事想让来夏小姐帮忙。"

"什么事呢？"

"我想根据这张地图找个地方。"面对一脸讶异的来夏，今宫说道。于是他从包里翻出了她昨天拼好的那幅画，画被叠得整整齐齐。

"因为看起来不方便，我对原图扫描加工后，做出了缩小版。"他递给来夏一张纸。

"咦？可是今宫先生，这只是一幅画而已。说不定是想象中的画面，也可能是照片临摹，或者是记忆中的风景。"

"别担心。你瞧，这里不是有一片形状奇特的砖墙吗？我估计是六义园[1]。还有，这个角落里也能看到操场，很像学校里面的。"

"不会是凑巧相似吗？"

"哎，有些事情不看不知道嘛。"

今宫走向车站。今天的头发依然肆意乱翘。

来夏正要跟上去时，看见团子店的老婆婆把大拇指举得高高的，她没法直接出声，只得做出大大的口型"忙——工——作"连连摆手。

"咦？干什么呢？"今宫看到后，诧异地问道。

"没什么。"来夏随便搪塞过去，便跟在了他身后。

"目的地是本驹込站。"一到站，今宫立刻掏出了刚才的纸张。

"我们去找街道呈这个角度、能看到墙壁的位置吧。"他边说着边迈出了步伐。

本以为是件很简单的事，可找地方实在不容易。只是换了条街道而已，景色就有点微妙的差异。

路上每看到回收店，今宫都兴趣盎然。"啊，稍微看一眼吧。偶尔会发现意外的珍奇相机呢。"然后悠哉地走进店铺，看起来毫无头绪，也没有临近目的地的感觉，何况，来夏从一开始就很怀疑这张地图，心里对今宫的随心所欲有点恼火，"真是的，我去那边的咖啡店喝杯咖啡。"她走进了咖啡店，双脚已是疲惫不堪。自己真的好久没这样

1.　六义园由江户幕府第5代将军德川纲吉的侍臣柳泽吉保花费7年岁月建造，1702年筑园完成，是回游式假山泉水庭园。——译者注

暴走过了。

过了一会儿，今宫来到来夏的身边。

"找到什么稀奇玩意儿了吗？"

"还好吧。"他的回答让人摸不着头脑。

"请问我可以回去了吗？"

"再加把劲嘛。我请你吃甜品。"今宫笑着说道。

两人左拐右拐，在深邃的小路上越走越远，又是被狗凶又是迷路。在公园稍做休息时，来夏正打算劝今宫放弃，今宫指向某处说道："就是这里了。"

这是高级住宅区的一角。

"真的假的……"

原来画中内容是真的，来夏倍感惊讶。认真比对画面和风景，会发现画作忠实再现了所见的景象。今宫默然地仰望着某一处。来夏随着他的视线望去，不禁发出"啊"的一声。这栋豪宅的门牌上，写着"古田"。

"是古田君的家。"

来夏也跟今宫并肩仰望着这栋豪宅。它被石墙包围，规模足以同洋房媲美，令人惊叹。

然而，唯独二楼的一个房间散发出异样的氛围。

只有那里一片漆黑。大大的窗户，内侧被疑似黑色塑料布的东西封得严严实实。

　　来夏产生了不好的想象。据说利用尾气在车内自杀，都会把窗户封牢以防气体泄露。这漆黑的窗户，仿佛在拒绝世间的所有接触。野生动物在受伤后，也会钻进小洞里疗伤，让身体休息一段时间。她想象着房间里抱着膝盖、盯着墙壁、一动也不动的古田君。

　　即使长大后又能买新的相机，初次靠自己买到相机时的感受却已经一去不复返，就像粉碎的镜头一样。想到古田君的心情，来夏只能默默地仰望着黑色的房间。

　　今宫翻出巨画，细细看了一会儿。然后他拆掉全部的固定胶带，把画恢复成了试卷。

　　"来夏小姐，借一下你的后背。"来夏感觉有纸张在后背擦得沙沙作响，痒得她弯下了身子。今宫似乎在用铅笔写字。

　　"你在写什么？"

　　"马上就好了，还有四张、三张……搞定。"

　　写完后，今宫像洗牌一样打乱了纸张的顺序。用夹子夹住了纸沓的一角。

　　来夏也好奇地翻过来看，似乎每张纸的背面都写着平假名。

　　"你写了什么呀？"

　　"这个嘛……"

　　"是信吗？"

　　"没错。"

　　今宫闪烁其词。来夏也因为疲惫没再多问。

"那么来夏小姐，请你把这个放进古田家的邮箱里。"

"咦？咱们千辛万苦来到这里，不用见见主角古田君吗？就写封信？"

"就是为了这件事才让你陪我过来的，这可是今天的大任务。"

"为什么是我呢？好不容易来一趟，你亲自送过去古田君会更高兴吧？说不定能打起精神。"

"你看那边，有摄像头。"来夏看向今宫所指的方向，门口的确有台监控摄像头。

"人家都说要去消费者厅投诉了。对方也知道我的样子，可能会给古田君惹麻烦。就拜托你了。"今宫合起双掌。来夏找了找邮箱。高于自己的铁门上点缀着纤细的藤蔓花纹，泛着淡淡的金色光泽，可以从这里清楚看到庭院的模样，里面还有喷泉。从街门来看就不是普通家庭的规模。邮箱上也装饰着星座浮雕，令来夏莫名地佩服有钱人家的邮箱造型就已经透出了富贵的气质。大门区域住一个人简直绰绰有余。

回到今宫身边后，他简短地说了句："那咱们回店里吧。"

看着准备原路返回的今宫，来夏顿时目瞪口呆，却依然跟了上去。她回头再看了一眼古田君的房间，祈祷他能打起点精神。

二人直接进入店中，没有摘下"临时休业"的牌子。四处奔走的疲惫充满了双脚，但喝过一杯咖啡后，力气稍微恢复了点。

"来夏小姐，请帮我把柜子底层最左边的相机拿过来。"于是她准备拿起那里的一台相机。

"不是那个，在它旁边。"

来夏有些惊讶。因为不管怎么看，那都是个普通的饼干罐子。难道是巧妙模仿饼干罐的相机？或许是为喜爱甜品的女生而设计——这样想着，她拿起了罐子。

可罐子轻巧得惊人，全然没有重量感，简直跟空罐子似的。仔细一看，上面也没有貌似镜头的东西。

"请打开看看。"

来夏照今宫所说，打开了罐子。里面空无一物，只是个普通的罐子而已。唯一不同的是内壁被涂得一片漆黑。

"这就是个普通的罐子吧？今宫先生还说是相机。"来夏笑了，以为今宫在开玩笑。

"是如假包换的相机呢。"

"但没有镜头呀——"

"你听说过针孔相机吗？"

今宫拿起罐子。

"针孔相机可以自己制作，方法很简单，什么东西都可以，总之准备一只不透光的箱子或罐子，把里面涂黑。然后钻一个针孔，也就是小孔即可。"今宫边说边指着罐子，"这里有个小孔吧？我先开了个大洞，接着往里面贴了钻有小孔的铁板，能看到吗？"

来夏往里面一看，确实有个钻开的小孔。可实在难以想象这种东西能够拍照。

"真的能用吗？连镜头都没有呢。"

"那要拍拍看吗？正好，我顺便也想跟你说明下租借式暗室的事情。"

"可这台相机的胶片要怎么办呢？普通的罐子没地方固定胶片吧。"

来夏刚说完，今宫就拿出好似透明胶带的东西，把它做成小环后，在罐子内贴了几只。

"在这里用胶带固定裁剪好的二号相纸。也可以用一种非卷状的胶片，叫单页片，但幸好今天天气不错，为了方便说明，咱们就用相纸吧。"

说着，今宫用食指和拇指做了个边长十厘米左右的正方形。

"来夏小姐，你家没有暗室吧？"

"没有，都是拿到相机店洗的。"

"其实用暗袋——能把手插进去的黑色袋子就行了，但暗室更便于解说。"

今宫说着，从口袋里找出皮筋，随手把头发抹到后面，将乱蓬蓬的头发扎成一束。

"去暗室吧。"

暗室狭小到只能容下两个人。空间窄小，却塞满了用途不明的各色工具及陌生的机器，还有股类似醋味的奇妙气味，因此除了打扫卫生的时候，来夏很少进出这个地方。

二人保持着微妙的距离，来夏几乎与今宫手臂相触。

"这是此次用到的相纸。"

他从工作台的抽屉里拿出纸箱。抽屉内侧被涂得一片漆黑。

"要是不小心打开这只纸箱，里面的相纸就会曝光，所以处理时要谨慎。"

今宫的头发全被扎了起来，来夏瞥了一眼他的脖子。低垂的眼睫毛长长的。之前他一直穿着长袖，所以这是第一次看到他挽起袖子，露出手臂。修长的手臂透出肌肉线条，没想到居然是肌肉体质。果然手掌很大，手指细长。

"因此，快门靠手指操作。打开快门，外界的画面就会透过小孔，直接显示在饼干罐的内壁上，以上下颠倒、左右逆转的形式。以上便是相机的结构。那么来夏小姐，能请你关掉灯光吗？"

"咦？啊，好的。"

关掉窗口处的电源后，房间变得一片黑暗。睁眼闭眼没有任何区别，感觉自己的轮廓也暧昧了起来。

"这个状态难以操作，咱们把安全灯打开吧。红色的灯光不会令相纸曝光。"

灯光亮起。眼前被一片微弱的红光所笼罩。来夏在一旁看着今宫从纸箱里取出相纸，并进行裁剪。动作流畅，莫名令她联想到了茶道中的点茶[1]。他把裁好的相纸贴在罐子里。

"相纸装好啦。"

打开暗室门，回到外面后，来夏在今宫身后悄悄地长吁了一口气。

今宫把刚才的罐子夹在腋下，搬了把店里的椅子。他打开外面的门，走到店外。来夏透过玻璃看着今宫，好奇他在做些什么。只见今宫穿过马路，把椅子摆在了对面。接着他把罐子搁在椅子上，凝视着手表，片刻过后，他又夹着罐子回来了。

"我拍照了哟，应该说已经拍好了。"说着，今宫将椅子摆回原处。

"咦？就拍好了？我都没反应过来呢。"

"今天只是测试，别放在心上。现在去冲洗刚才拍下的照片。"

今宫递来镀了一层塑料的围裙。准备好三只方形平底盘后，来夏在一旁认真记着笔记——哪个是显影液，哪个是定影液，温度多少——一边帮忙做准备工作。定影液有股酸酸的气味，原来怪味来自它啊。水槽里也放了一只盘子，水流细细地淌下。

关掉照明，打开暗室专用的安全灯后，房间再次被红光笼罩。

为了不碰到今宫的身体，来夏微微拉开了距离。

"从罐子里取出刚才拍好的相纸，再把相纸放进这只盛有显影液的盘子里。"

---

1. 沏茶的方式之一，即把茶壶里烧好的水倒入茶盏中。——译者注

被夹子摇晃的相纸，起初还很朦胧，渐渐就有了形状，画面缓缓出现。来夏非常惊讶，今宫相机店的外貌清晰显现，简直不敢相信。没有镜头的普通罐子为什么能做到呢？

"在显影液中浸泡约九十秒。一开始成像容易不均匀，所以得像这样在液体中晃动相纸。然后，把相纸放进旁边的定影液，约十五秒。这股气味是因为定影液中的醋酸。接下来再放入一旁的稳定液中——"

来夏做着笔记。某处传来的水声，与今宫不停讲解的低音在她耳中融为一体，彼此交融。或许因为眼前的红光，现实感似乎越来越弱。来夏飞快地写着，感觉自己扑通一声坠入了无边的思绪之洋里，正缓缓沉向海底。

就在此时。

"不好意思，来夏小姐。"

听到今宫的声音，来夏猛地抬起头来。他的手轻轻伸向了自己的耳朵边上。

来夏肩膀一颤，整个人僵住了。今宫按下她身后的电灯开关，房间从红光变回了正常的照明。

"很抱歉这么挤。相纸得在稳定液里泡五分钟左右，但三十秒以后就能开灯了。我检查一下成像，最后在水槽里冲洗就可以了。"

今宫如此说道，来夏点点头做好笔记，一边祈祷刚才惊讶的样子没被他看见。

用专门的相纸干燥机进行干燥后，今宫把相纸拿给来夏看。虽然成了张照片，但亮处黑乎乎的，暗处又亮堂堂的，黑白颠倒了。

"就跟负片一样，这样子的画面是黑白颠倒的，所以得把这张黑白颠倒的相纸放在崭新的相纸上，从上面照光。然后重复一遍刚才的显影液等操作，如此便大功告成。"

两人又重复了一遍和刚才几乎一样的操作。显影液中慢慢浮现的画面，令来夏睁大了眼睛。毫无修饰的自己就站在今宫相机店里，正表情讶异地盯着外面。完全想不到，一只普通的罐子竟能拍出如此鲜明的照片。

"即使没有镜头，也拍得意外的清晰。针孔相机的特征，便是像这样整个画面没有景深。虽然成像有点朦胧，但别有一番风味。"

今宫摘掉头上的皮筋，把头发一顿乱揉，满足地舒了口气。他又回到了平日卷发杂乱的模样。等待相纸干燥的期间，两人就坐在柜台的椅子上。

"这下你明白了吗？"他看着来夏的脸。

"明白什么？"

"就是昨天的那个啦。"今宫有些急躁，并指着罐子。

"黑暗的房间？"

见来夏的表情反应了过来，今宫点点头。

"没错，古田君的房间变成了针孔相机。"

来夏怔住了。

"回去的时候，古田君对你说过吧，下次他准备做台相机。其实我们本打算在工作之余，一起做今天的饼干罐针孔相机。把自己的整个房间变成相机，倒挺像他的作风。"

今宫望着完全黑下来的窗外。

"古田君守住了约定——等相机完成后，就给你看。"

来夏想起了古田君那张伶俐的面孔。

"但他妈妈不是说他病了吗？把房间弄得乱糟糟的，那是……"

"为了把房间变成相机，为了实现暗室一般的全黑环境，必须把电脑电源灯等小光源统统排除。毕竟有不少电子产品在黑暗中也能发光。古田君把它们全扔进了走廊。"今宫继续说道，"那栋豪宅天花板很高，窗户也是直达天花板的款式吧？没有梯子的古田君恐怕绞尽了脑汁。他把书架上的书全都拿下来，尝试把各种家具叠起来当垫脚。房间当然乱糟糟的啦。"

不知道究竟出了什么事的母亲会害怕，感觉也能够理解。

"为保证成像的墙壁洁白无物，古田君一定把那里的家具也都扔进了走廊。然后他反复实验，终于得到了满意的街景画面。为了不把自己的影子印上去，他伸长了手臂，用铅笔一点点描线。拉丁语中的 camera obscura，意思就是'黑暗的房间'。据说十五世纪的画家们，为了得到准确的透视而用过这一方法。它便是现在的相机的原型。"

今宫在电脑上搜索，给来夏展示了 camera obscura 的图解。黑暗的房间里，光倒着成像。而画家们正用画笔记录下那幅风景像。

"可他送的为什么不是信，而是这幅画呢？"

"因为没有一个人肯送吧。"今宫叹了口气。

"如果请人转交信件，后面被母亲发现后估计会引发麻烦。所以他想让人以为这是堆普通试卷。"

说到这里，门咣啷咣啷地响了起来，穿着回收店制服的快递员走了进来说道："您的快递到了。"

今宫接过包裹，签好名字。"比预想的更快呢！"他嘟囔了一句后，把瓦楞箱放在桌子上，箱子发出了沉重的声响。

里面是被打包好的几台相机。每台都很陈旧，使用痕迹明显。

来夏恍然大悟。

"这些相机，难不成——"

"在本驹込的回收店，它们被摆在单币特价¹推车里，反而是运费更贵。幸好没被买走。"

今宫按了按快门，仔细聆听声音。"好嘞！"只听他自言自语道。

"你怎么知道古田君被卖掉的相机就在那里呢？"

"这很好猜。他妈妈肯定不会找相机店高价卖出的，但她也不好意思当垃圾扔掉。如果家附近有两三家回收店，我估计她会卖给那里。所以只要知道古田君家在哪里，就一定能够找到。"

_____

1. 即价格仅需一枚硬币的特价商品。——译者注来夏呆呆地看着今宫开始检查全部相机的样子。

"或许商品的价值只有一枚硬币——"今宫透过取景器看着来夏，"但我认为这世上，也有东西是无法标价的。"

*

古田聪的日常恢复了原状。凌乱的房间里，所有东西都物归原处，用胶水牢牢贴在窗户上的遮光布、胶带全被摘了下来，从房间内部上的锁，以及堆成了街垒状的家具也统统被撤掉了。

自己给在这里工作的保姆添了麻烦。据说花了整整两天时间，房间才完全恢复原状。

母亲张嘴就是"我是为你才这样做的""现在的懒惰会毁掉你的将来""要想以后不后悔，现在就得全力以赴"。似乎她以为，只要反复念叨这些，孩子就能一帆风顺地长大。

敲门声响起。

"打扰了，阿聪。我给你送茶来了。"他停下手里的练习册，在房间里回应对方。

是保姆藤井。她在这个家里工作了很久。从阿聪蹒跚学步的时候开始，她每周三都会过来一次。

藤井笑眯眯地把茶端了进来，她的视线在腾空的架子上停留了一瞬，突然收起了笑容。即便如此，阿聪依然感激她什么话也没有说，包括安慰的话语。

看见阿聪准备暗室的时候，藤井有一点惊讶，却依然什么也没说。他后来才知道，母亲之所以没能马上强行闯入这个房间，也是因为房间的备用钥匙不知何故失踪了。

"阿聪，我在邮箱里发现了这个。一定是你朋友送来的吧。"

说完，藤井拿出了阿聪熟悉的那沓纸张。他的心一沉，都那么请求对方了，结果还是没能送到今宫相机店。

藤井行过一礼，便静静地带上了门。

阿聪想起了今宫相机店。自己突然不再光顾，有没有引起他们的一点讨论呢？

不，怎么会。自己不过是众多顾客中的一人而已。他们肯定以一句"话说，最近没见到那个孩子了呢"便结束了话题。就这样，自己终将被所有人遗忘。

阿聪把打印纸整理好，扔进了垃圾桶。接着做练习册。埋头做了一阵后，刚好告一段落，他把身子猛地倚在了椅背上。活动颈椎的时候，他的视线突然停在了垃圾桶里的平假名上。打印纸的背面写着"的"。

的？阿聪不记得自己写过这个字。他把打印纸从垃圾桶里抽出来。

"件""还""Be"。

阿聪把所有的打印纸铺在地上，按照画画的记忆把它们组成了原来的样子。他顺着从左往右的文字依次看过去。

还要再来呀，

Bessa 的零件我会帮你留着的。

阿聪双手撑在地板上，凝视着这些平假名被慢慢晕开的样子。

不知何时，满月悄然升起，为黑暗的房间洒入了些许月光。

Bessa II

第三章

戴着小相机的猫

走路时会在腰部自个儿转动的宽松裙子，不知何时变得贴身了。一日三餐也规律了起来，整体上长了点肉。来夏吃着烤饼，忽然想起了以前的事情。

那天早上，桌上也有张钢笔写下的留言。字迹和平时一样漂亮。"来夏：今天一大早就有电视会议，我先出门了。上学别迟到哟。我买了黄油，记得沾在烤饼上吃。晚上我会尽量早些回来的。"

尽量早些回来——来夏在嘴里反复呢喃着这句话，轻轻抚摸着蓝色的笔迹。真是段令人怀念的回忆。

今天和往常不同，来夏走的是日暮里的南出口。穿过天桥，拾级而上，只见谷中陵园里挤满了赏樱的人。她穿梭在美丽的樱花隧道间。

走到三崎坂时，顺路去了趟和果子店。前阵子买的水羊羹[1]特别好吃，来夏突然抬头看墙壁时，发现上面挂着很久以前的首相的照片。就在她盯着看的时候，老爷爷笑着说："首相以前买过我们店的红豆饭，用它在官邸里做过饭团哩。我们这儿的红豆饭团很好吃哟。"

---

1. 水羊羹是一种富含琼脂、水分和糖分的糕点，经常作为品茶时的点心食用。——译者注

于是来夏追加打包了两份饭团。

在来夏到来前，今宫相机店卖的全是古典式胶片机，不过最近，今宫尝试在橱窗可见的位置摆了两三台塑料材质、颜色形状可爱的——即所谓的玩具相机后，都被路过的年轻女性给买下了。他心情大好，新添了一个能从外面清楚看到的木架子，把玩具相机陈列在上面。尽管长得像玩具，但每一台用的都是胶片，这似乎是今宫不容退让的底线。

"看到这些，过路的年轻女孩会大喊'啊，这台相机好可爱！'"听到今宫的话，来夏点点头。

"她们还会大叫'相机或许挺好的呢，啊，里面也有相机耶'。"来夏有些迟疑，但还是点了点头。

"那下次买相机时看看这家店吧——然后女孩们在相机的大坑里越陷越深，不同的镜头成像也不同，换不同的胶卷也很有趣。"

"唔，这就说不准了。"

不知是否是这个缘故，来夏也经常被他问道"这个可爱吗？""这种感觉的怎么样？""要拿拿看吗？"等等。

"毕竟比来夏小姐年轻的女孩，好像都没见过胶片呢。"今宫也说过类似的话。

据说使用胶片的玩具相机，曾在二十世纪九十年代掀起过一阵热潮。不过在今天，玩具相机的主流似乎也转移到了数码相机界。好像叫玩具数码相机。

“你举起来看看。”今宫递来一台玩具相机。

来夏随手举起相机，看着取景器。

“我之前就发现了，来夏小姐举相机的时候，有向右倾斜的习惯呢。”

“咦？我刚才应该是端端正正的吧？”

她有些惊讶，因为自己完全没注意到。

“没有，歪了。举相机的习惯因人而异嘛。”

今宫轻轻把手指伸到相机下面，把相机抬高了几厘米。

“啊，可能是那个原因。”

来夏欲言又止，陷入沉默中。

“那个是什么？”

“没什么。以前我右臂受过伤，但应该痊愈了才是。”

来夏透过歪歪扭扭的玻璃望着傍晚的天空。

今宫相机店的顾客形形色色。有人只是看看玻璃柜上的相机便回去了，也有人好奇这个真能拍照吗，还有人每天顺路欣赏一下展厅。

转让的人把相机带进店铺，购买的人则买了相机离开店铺。因此，店门哐啷作响的时候，大多数人手里都拿着相机。

今天出现的女客人似乎也拿着相机。“拿”或许不太准确，她的食指和拇指间捏着一个立方体，长得像制冰器能做出的那种冰块。仔细一看，立方体的侧面有黑色的突起。

“不好意思，听说这里是相机店，我有点事情想问。”

女子边说着边递出了相机。她穿着一条隐藏曲线的连衣裙，款式优雅而简洁。世界上总有一群让人摸不透生活背景的女性。从言谈举止来看，她的年龄肯定在三十五至四十岁间，可容貌似乎永远都符合"漂亮大姐姐"这一形容。

然而，女子的表情很僵硬，来夏有些紧张，担心是来投诉的。对方拿着的似乎是玩具相机，自己不记得在店里见过这样的相机。上面画着某种动物，好似塑料玩具，特别的小巧。

女子身上散发出一股香水的芬芳，使人联想到粉色的花束。不过，来夏发现了混杂在花香里的某种气味。虽然不知道是什么，但这种奇妙的味道没怎么闻过。不是线香也不是烟熏味，而是更为不同的味道。假如是香水，那还真是有够古怪的。

"请问有什么事？"

对相机表现出兴趣的今宫问道。

"猫带回了一台相机。"女子说。

"咦？您再说一遍。"

今宫好像以为自己听错了，重新问了一遍。

"猫带回了这台相机……"女子依然僵硬着脸，身子摇摇晃晃地说道。来夏赶紧让她坐下，她似乎是贫血了。坐在椅子上后，女子恹恹地闭了会儿眼睛，喝了口来夏端来的水后，低头说道："谢谢。"

"不好意思，这阵子一直睡不好。我是地方活动的代表，叫柳井理子。"她递出了一张名片。圆角的名片上写着"地方野猫共存会 Chat Noir Quatre"。

"您有四（quatre）只黑猫（chat noir）吗？"今宫问道。

理子微微睁大了眼睛，随即露出了淡淡的笑容。

"不，最早是从四只黑猫开始的，现在我的收容所里有十一只猫。"

"关于地方野猫的活动，我记得是由志愿者开展的，收留流浪猫并找到领养的主人，对吧？"今宫说道。

"是的。其余还有地方给野猫做绝育手术，防止它们继续繁殖，做完后在耳朵上剪个 V 字小缺口并放出去，给它们提供猫粮和猫厕所等，这些活动都是和志愿者一起做的。"

"然后，有只猫带回了相机？"

来夏想象着猫衔着这台相机回来的样子。

"说带回来其实并不准确，是挂在项圈上的。就跟猫铃铛一样，挂在脖子下面。"

今宫小心地接过相机，端详了起来。

"这就是那台相机啊。虽不是真正的老鼠，但这里有刺猬[1]的图案呢。"

"好可爱呀。"来夏说道。

---

1. 刺猬的日文为ハリネズミ，而老鼠的日文为ネズミ。——译者注

"我对玩具相机的种类没那么熟悉，但这的确是相机，而且是胶片机。好像叫刺猬相机吧。侧面长长的突出部分是 110 胶片，曾经在二十世纪七十年代流行过。这种胶片做成了胶片盒，可以随意拆卸。"今宫指着胶片部分，开始检查相机内部。

相机本身是个小小的长方体，从上方看，形状仿佛由两个数字 6 组成。6 的圆圈部分好像装的是胶片，卷在了左边的圆柱上，按下快门时，用过的胶片就会被卷到右边的圆柱上。相机则夹住了这只细长的胶片盒。

"到底是什么情况。就算是找麻烦的，也不知道是什么意思。感觉怪吓人的。"

理子一脸痛苦的表情，用手扶住了额头。

"您说找麻烦，发生了什么事吗？"今宫问道。

"嗯，情况太复杂了……"理子只是含糊地回答道。

"胶片还剩两张。您带来的时候，没有碰过快门吧？"

"没有，毕竟弄不明白，就直接带过来了。"

"阿猫拍了不少照片呢——当然不是真的，否则还真有点神奇。"

"是呀。"理子点点头，"我想不明白是什么情况。"

"什么意思呢？"来夏询问。

"这台相机得按右上角的快门才能拍照，但拍完照后，必须咔嚓咔嚓地卷动胶片。否则，就按不了下一次快门。"

"也就是说，猫咪肯定卷不了胶片吧。"

"没错。"理子也点点头。

"那这台相机里的胶片都拍了些什么呢？又是谁拍的呢？"

来夏也觉得不可思议。

"所以，您过来就是想知道这件事吧。"

"对，可现在到处都不接收 110 胶片了。都说只能送去原公司。我想这里既然卖老相机，说不定很了解相机和胶片。"

"原来如此。"

今宫陷入沉思。

"您没有什么头绪吗？"

"要说没有，也不是没有。"

理子的说法非常绕口。

"毕竟从事这样的活动，实际上会碰到各种各样的事情。当然，地方上有许多人表示理解。但依然有些人，不管我们如何努力，就是不愿理解。有人会找各种理由针对地方野猫的活动，说什么猫在花坛里排便了、弄花了车子的引擎盖、春天发情的叫声吵死人……为了得到他们的理解，我们勤做扫除、在房子周围洒驱猫剂、增加猫厕所的摆放点，可讨厌猫的人始终讨厌猫。"

来夏自己特别爱猫，但看到精心呵护的庭院花朵被拉上粪便时，看到野猫把垃圾翻得路上都是脏兮兮的湿垃圾时，心里也会觉得为难。也并非不能理解，当有许多野猫聚在一起时居民们嫌弃的心情。

"在以前居住的地方，我和当地人有过一次严重纠纷，于是搬进了现在的家。住了快两年了。猫是种重视地盘的动物，所以讨厌搬家。现在猫跟我都好不容易习惯了下来。幸好房东善解人意，在我寻找搬家地点的时候，就通过博客联系了我。他说既然我从事这样的活动，在家里养多少只猫都不成问题。可是，这项运动开展得越好，就越是有人远道而来，故意把猫扔在我家门口。要得到所有人的理解，似乎很难。"

"原来是这样啊。"

"搬来这里前，有人用字条等东西找过碴，严重时，还有猫受到了伤害，也有人扔石头砸碎过窗户。我无奈之下才搬了家，一想到这里又要开始那些糟心事，整个人都感觉万念俱灰。如果联系警察，估计又会把事情闹大，我也不能去找他们商量。"理子叹了口气，"说起来，之前有个诡异的男子一直盯着我看，有闲人在我家门口晃来晃去，还有可疑男子躲在电线杆后面。这么一想，我对什么都变得疑神疑鬼起来，觉得街上的行人，其实都想把我和猫给抹消掉吧。"

理子一脸的灰心丧气。

"猫原本没有戴项圈吗？"

"没有，为了避免事故。"

"想必是只来去自由的猫吧。一天能走多远的距离呢？"

"距离的话，猫基本在半径五百米的范围内活动。走得远的猫，听说也有半径一千米的。"

戴着这台相机的猫，是一只年轻的褐色小猫，名字叫焦糖。我趁它每天来讨食的时候捉住了它，现在刚好收留在家中，打算明天送去兽医那里做绝育手术。等术后恢复了正常，会再次放出去的。"

听到这些话，来夏点点头。

"我都不知道呢。还以为猫咪顶多只能走十米，五百米或一千米的半径，那算相当宽广的范围了。我猜应该是邻居戴上去的，能锁定是谁做的吗？"

今宫也沉思着。

"您认为把相机里的胶片洗出来，就能明白些什么吗？"

"嗯。但总是提不起劲。对方干这种事或许是为了警告，假如洗出来的是猫咪受虐的惨照，那该如何是好。"

理子的声音带着哭腔。看样子被逼得相当严重了。

"所以，您来这里洗照片。"

"我在想有没有什么方法，可以不用冲洗胶片，或者从外壳看出拍摄的内容。这样我也好采取对策。"

"既然不知道是谁的相机，我并不建议冲洗照片，而且，物理上也没有不冲洗就能看到画面的方法。"

今宫说得有理有据，可来夏非常理解理子的精神负担。遭遇病态的纠缠、被跟踪狂尾随——同为女性，她完全能够想象这都是多么可怕的事情。来夏也是独生女，从小学低年级开始由父亲一个人抚养，因此独自在家的时间特别多。担忧的父亲总是让她带上安全报警器。

来夏很想帮帮她，却不知怎么办才好。要避免让猫继续搬家，理子也不大愿意依赖警察。

"这样啊……那就没办法了，谢谢。"

理子抓起相机，即将起身时，"请等一下，"今宫说着，翻了翻手账，"接下来我刚好要出门去收购。"他的视线落在了理子的名片上。

"您住在町屋那边，咱们一个方向。若不介意，我想亲眼看看焦糖是怎么把相机带回来的。现在，它正好在家吧？"今宫说。

理子一脸惊讶，来夏也十分不解。

"哎，但不用您这样，专程跑一趟也太不好意思了。"

"哎，反正顺路。来夏小姐也差不多到时间了，可以下班咯。还是说，你要一起去？你是怎么想的呢？"

"我也可以一起去吗？"来夏当即说。既想看看带回相机的猫是什么样子，也好奇今宫打算做什么。

"啊，对了。"今宫向来夏指着玻璃柜，"请你在那边站一会儿。"

"不好意思，请借我用一下这台相机。"他对理子说。

今宫把相机对准了一脸疑惑的来夏。来夏不明白他的意思，愣愣地站在原地。

"希望你笑一笑。"今宫就跟电视购物里的导购一样，把一只手摆在脸旁边，做了个造型，"就是这种感觉。"

"不要。难道说你要用这台相机拍我？"

"这不会刺激到相机的主人吗？"

两名女性越说越激动。

"别在意别在意。"今宫说道,"我有个计谋。来来,来夏小姐站在这里。"

"我拒绝。干脆今宫先生自己站在这里吧。"

"这种时候,比起邋遢的男性,还是女性更好嘛。我要拍咯——来,笑一个。"

即使被今宫这么说,来夏也不可能笑得出来,只是板着脸站在玻璃柜前。伴随着微弱的响声,快门似乎被按了下去。今宫用手遮住镜头,按下快门拍了另一张,就这样用完了胶片。

"随便用别人的相机,你想干什么呀?况且它可能是找碴者的相机。"

理子和来夏一样,也露出了担忧的表情。今宫在便签上写了些什么,然后把纸折得小小的,用塑料纸包住,最后拿胶带封好。

"出发吧。"

来夏去拿包,心情无法释怀。

傍晚的谷中风情洋溢。居酒屋门口摆着许多水钵,灯笼的光芒柔柔地照在上面。路过时,令来夏想起了和果子店里加入了栗子的美味面包。今天的谷中银座依然热闹非凡。自己不光走路慢,还不擅长在人海中穿行,为了不走散,前进时只好以高个子今宫乱蓬蓬的脑袋为记号。

在肉铺门口，大口嚼着炸肉饼的人看起来十分满足。烤鱿鱼的诱人香气也飘了过来，不知不觉间吸引了来夏的目光。

她沿着长长的夕阳阶梯拾级而上。夕阳阶梯正如其名，在上面能欣赏到美不胜收的谷中暮色。来夏回过头去，虽然没有晚霞，但黄昏的天空描绘出绮丽的渐变色。痴迷地看了片刻后，她发现走在前面的今宫正在等自己，于是慌忙往前走。

一路上，理子为二人的到来不停地表达感谢："我的作家朋友下次会参与一项杂志企划——《谷中的复古漫步》，如果可以的话，我会建议他把今宫相机店也写上去。"

"客气了。"今宫露出笑容，"与其说是复古，我们店更像普通的破房子。"

来夏此前从未在町屋站下过车。等过了几个转角时，她才注意到，原来目的地是这里。

雨停后，这一片弥漫着一股独特的淡淡气味。这栋房子是老旧的水泥双层楼。二楼也架着室外楼梯，看来那里是独立的房间。护窗板关得紧紧的。

来夏悄悄看了眼理子的表情，她似乎什么都没注意到。当没有养动物的人来到养动物的家庭时，往往会嗅到一股淡淡的动物味道。不过，只要待上几天，也会习惯这股味道。来夏没有闻到猫的味道，可她很清楚这是另一种味道。好像碾碎的草，透着甜味，又好像香料。先前理子身上隐约散发的香味，原来就是这股味道啊，来夏不禁感叹道。

脚下摆着装有沙子的花盆，一定是猫厕所吧。里面很干净，似乎还没有猫用过。

"就是这里了。"理子打开了拉门。紧跟着有几只猫跑到了她脚边，仿佛在欢迎理子回家似的，用脑袋蹭着她。

"好可爱。"

来夏也伸出手，猫咪蹭了上来，好像已经习惯了。

理子在鞋柜上的碟子里放了点貌似树叶的东西，拿打火机点上火。用手把火扇灭后，青烟升了起来。

"这股味道……"今宫还没说完，理子就露出了胆怯的眼神。从表情中可以看出，她以前肯定因为味道的事情而被人埋怨过。

"啊，对不起，是有什么臭味吗？我开了三台空气净化器，猫厕所也真的相当注意了。"

"没有没有，我说的是这个味道，是熏香吗？"

他看着碟子上冒出细烟的东西。

"哦，这个呀，是博客读者告诉我的一种香草，叫白鼠尾草，他还好心送了其他熏香。我避开了有猫的房间，用来除臭还是挺有效的，在得到邻居的同意后，我烧得很勤快。尽管房东说我养多少只猫都可以，可还是希望我能注意一下猫的气味。除了白鼠尾草，其他熏香我也经常烧。当然，选的都是对猫无害的。"

今宫一副若有所思的样子。

"我收养的猫都绝不会让它们外出。这里是游戏间。总之，宽敞的好房间都是给猫的，人挤在角落的房间里生活。"

房间中四处摆放着可供猫咪玩耍的塔状物体，笼子堆在了墙角。每只笼子里都挂着猫咪的小吊床。

"我们平常都在找养主。也在网上呼吁过，举办过类似转让会的活动。"说完，理子看了看时钟，"呀，到吃饭时间了。不好意思，我现在就来喂食。"她在房间里给每一只猫轮流喂食。

打开面朝院子的窗户后，理子踩着拖鞋走到庭前，把猫粮放在外面的厕所里。随即冒出了几只猫。明明没有手表，它们却似乎熟知喂食的时间。

"过来的都是地方野猫。等过了一定时间，我会把外面的猫粮清理掉的。"

理子抚摸着黑猫的脑袋开口说道。黑猫的耳朵上有个 V 字形的缺口。

"这只猫已经做完手术，我会像这样在它的耳朵上做标记。"

"楼上是房东吗？"

"嗯，没错。"

"房东会经常下来看猫吗？他一定喜欢猫吧。"

"不，我几乎没见着他。就第一次见面的时候打过招呼。"理子歪着头说。

"您知道他是个什么样的人吗？"

"这个嘛……是名年轻男子，晚上特别安静。原本，我以为他是顾虑住在一楼的我而放轻了脚步，但完全不是这回事。好像偶尔有别人过来。不知他是不是很忙，家里基本上是空的。"

今宫点点头。

"那么，焦糖君今天在哪儿呢？"

"焦糖在这边。手术前需要绝食，所以待在别的房间里。不过，焦糖本来就挺黏人的，我想尽早再次收留它，将来把它彻底变成室内饲养的猫。"

"太可爱了！"被带到房间后，来夏不禁大呼道。猫的后背确实是焦糖色的。

"焦糖，我回来啦。"

焦糖是只苗条的褐色猫咪，爪子雪白。这么一看，倒也挺像淋在布丁上的焦糖。一看到理子，它立刻亲昵地叫了一声。

"没错，就是这只猫。焦糖的脖子上套着项圈。"

理子一边给焦糖挠下巴，一边指着项圈和相机说道。

"其实我怕出事故，所以不想给它戴项圈。"

"我看一下相机，顺便请把这个也戴上去。"今宫拿出了刚才装有折叠信的塑料包，小包就粘在相机上。

"里面是什么？"

"信。把焦糖君放出去的时候，希望您把相机和信让它一起带上。"

"没问题吗？"

面对语气怀疑的来夏，今宫点了点头。

"除此之外，似乎也没办法跟相机的主人接触了。总之今天就这样吧。如果有什么消息，我们也会联系您的。那么，焦糖君就好好享受作为男孩子的最后一天吧。"

跟焦糖君说完话后，今宫迈出了脚步，来夏也赶紧跟在他身后。回头一看理子，发现她也是一脸疑惑的表情。

与送到门口的理子道别后，二人踏上了来时的原路。今宫似乎想起了什么，又回头注视着理子的家。

"信上你写了什么？是写得很强硬吗？比如'不想挨揍的话，最好马上停止偷拍''我对你心里有数了，会通报给警察的。'"来夏说。

"怎么会。"今宫笑了，"我不过写了句'110 胶片的冲洗与购买请找今宫相机店'，然后加上了地址、电话号码和地图而已。"

"那这只是给店铺做宣传——"

"没事，不管来的是什么样的客人，都值得高兴嘛。而且 110 胶片不好卖。"

来夏诧异地摇了摇头。

*

风平浪静的几天过去了，就在猫咪事件即将在来夏的记忆中淡去时，一名男子上门了。

今宫一直在工作室里做维修，店里只有来夏一人。

店门咣嘟响起，"欢迎——"来夏充满朝气的声音说到一半，就把后面两个字咽了下去。

身穿夹克衫的男子，把晒黑的脑袋剃得光溜溜的，戴着副金框眼镜。耳朵也变形了。

不管怎么看，都像某特殊行业的人士。

"老板在吗？"

来夏吓了一跳。当人类的怒气到达顶峰，超过一定界限，且依然感觉愤怒时，反而会变得冷静下来。就像恒星不堪自身重量时，会一边放出强烈的引力，一边变成黑洞。

虽然看不见也听不见，但无声的怒涛一阵阵地扎在皮肤上。他大吼大叫可能还没这么恐怖。

男子带着那台相机。在关节凸起的粗手指的衬托下，相机显得愈发小巧，看起来跟骰子一般。

说不定接下来将发生非常可怕的事情。假如这名男子就是跟踪理子的人，那么他来这里绝不可能说些温和的话。"好、好的，我马上去叫他。"来夏跑进了工作室。今宫扎着辫子，戴着口罩和好似护目镜的头戴式放大镜，正专注于手头的工作，来夏飞快地悄声说道：

"跟踪狂来了。这种时候，是不是应该叫警察过来？"

"啊，知道了，由我出面。"

"警察呢？"

"目前不用。"

摘下口罩后，今宫一开门就说了声"欢迎光临"。

"写信的是老板吗？那么，老板知道是谁剪了猫的耳朵吗？"男子说。

来夏一直在今宫的背后祈祷他说不知道，可他却干脆而轻巧地说了句"啊，我知道哟"，来夏的眼前一片黑暗。

男子的脸更红了，来夏感觉自己被吓得一脸惨白。

"能说说这是怎么回事吗？"

飞奔而来的理子详细解释后，误会算是解开了，这名男子——根田孝史笑得脸都皱了起来。"嗨，我还以为老板是个以剪猫耳取乐的混蛋。"他貌似松了口气，"幸亏没动手揍你。"

"这阵子没怎么见到乌冬的我挺担心的，结果它回来的时候耳朵缺了个口，就在我怒火朝天之时，发现它身上还带了封信，于是我立刻冲了过来，心想不能被混账小看。"

"您说乌冬，那只小猫喜欢乌冬吗？"来夏问道。

"那柔软的爪子和腰部简直就是乌冬。"根田笑着回答道，"我因为工作关系搬来了这里，住在公寓的一楼。乌冬经常来我家院子玩耍，超级无敌可爱。给它喂东西时，还喵喵叫，甚至会跳上我的膝盖。我以前都不知道猫居然有这么可爱。"

根田说得心醉神迷。

"对不起，给捡到的野猫做绝育手术时，我会首先询问邻居，确定这是不是他们养的猫，可我没确认到根田先生的家，都是我的问题。"

"哪里，虽然我很想养它，但没发现是你们家的猫。"

"不，如果可以，能请您收养焦糖……不对，是收养乌冬吗？尽管还有需要检查的地方，不能马上交给您。猫还是最适合在家中悉心饲养。野猫的寿命约为四年。假如乌冬一直当野猫，它就只剩下两三个冬天了。"

得知野猫的寿命如此短暂，来夏大吃一惊。

"我一个人住的，猫在家里没有问题吧？"

"若不介意，我可以教您各种事项。"

无论如何，来夏还是庆幸事情能够谈拢。

"不过，您为什么要把这台相机给乌冬戴上呢？"

"嗨，这台相机是什么福袋里面的啦。我没怎么接触过胶片机，就先拍了些乌冬的可爱照片。刚好也给它送了一只新项圈。这台相机很小嘛，我突发奇想：要是把相机挂在项圈上，会不会有种'虽然我是猫，但我有一台刺猬相机哟'的感觉，乌冬或许会可爱到炸裂。"在说到"虽然我是猫"的时候，根田忽然变成了可爱的声音，来夏拼命忍住自己不发出笑声。

"一挂上去，果真可爱极了，我刚要用手机拍照时，手机居然不在身边。于是我让乌冬乖乖地等我一会儿，就跑去房间拿手机了，回来后却发现猫不在了。我呼唤着乌冬的名字，搜寻了好久，可就是没找到。"

理子低下了头。

"胶片的冲洗费请让我来付，对不起，让您有了不好的误会。"

"请别放在心上，我从婴儿时期起就一脸凶相。"听完理子的话，根田笑着说道，"机会难得，就麻烦你们把照片洗出来吧。"

"我也以为根田先生就是跟踪狂呢。很抱歉冤枉您了。"来夏接过根田递过来的胶片说道。

"什么跟踪狂啊？"根田笑着说。

来夏说明大致情况后，根田的表情瞬间严肃起来。

"有男人缠着吗……"

"这事让人挺不舒服的，我们也担心万一会对猫造成什么伤害。"

根田的眼神十分犀利。今宫也开口说道：

"最近，有的人会通过虐待动物来发泄各种压力。您好不容易找到了能安心居住的地方，要是这里也被人盯上了……为了能随时转移，最好提前找到下一个住所。实际上，我们从收容所回去的时候，也看到了可疑的男子。"

此刻的今宫正在说谎——来夏的直觉。

"该男子的眼神很危险，看起来就像虐猫的人。"

今宫含糊其辞，没有再说下去了。

"这样子啊。"根田沉默了。

根田与理子聊着猫咪的话题，结伴而归。目送二人离去后，来夏瞥了眼今宫。

"为什么要撒那样的谎？理子小姐都那么害怕了，太可怜了。"

今宫只暧昧地说了句"哎呀"，便拿着胶片回到了工作室。

也不知是否因为一直沉迷于相机，来夏觉得，即使今宫很懂齿轮和弹簧，也全然不了解女生的恐惧和心理。

几天后，根田来取照片了，他眉开眼笑地说："乌冬果然好可爱啊。"照片有睡觉的乌冬、舔前爪的乌冬、喵喵叫的乌冬，总之全都是乌冬。

"话说，我完全没拿过相机，不是很懂这方面，但现在有点想买一台了。"

"我们店里全是胶片机，您不介意吗？数码相机也很方便哦。"

今宫太不会做生意了，在一旁听着的来夏反而更着急。

"不，我好久没洗过胶片了，还真不错呀。就感觉吧，照片非常轻盈。"

"这是110胶片的特征。成像风格有点复古且质感粗糙，平淡的风景反而能拍出点新鲜感。"说话的时候，今宫看着根田，"您找到想拍的东西了吗？"

根田顿了顿，不好意思地说："我想拍拍猫。"听到后，来夏忍俊不禁。

"那您的第一台相机，我想想……不能是快门声大的相机，否则会吓到猫——"

今宫继续讲解相机。正在为根田挑选合适相机的他，看起来比平时朝气多了。

来夏离开二人，用掸子掸去木架上的灰尘，看着架子上新增的110胶片和刺猬相机。

蓦然回头时，发现今宫正同根田窃窃私语。根田一脸严肃地应和着。

后来，在理子的牵线搭桥下，今宫相机店正式接到了《谷中的复古漫步》杂志的取材联系。

理子在电话那头说：“在那之后，根田先生特别担心我，几乎每天都过来露面。猫咪们很高兴，我也感觉踏实了些。”来夏觉得，女性独居时如果遇到了跟踪狂，有磐石般的根田在身边确实会放心不少。

当她把这件事转达给今宫后，他只是漠不关心地回了声“哦”，接着便问道：“没说其他的了？”来夏告诉他没什么别的事了，他便兴致索然地回到了工作中。

取材当天，理子也跟着作家朋友一同到来，又说了许多感谢的话。

今天的今宫穿了件貌似是新买来的白衬衫，感觉颇有干劲，可头发依然乱蓬蓬的。

“今宫先生，你不把头发扎起来吗？”

"自然就好。""扎起来吧。""没事儿没事儿。""请扎起来。""不用啦。"来夏从后面抓住嫌麻烦的今宫的头发，说了句"不好意思"，便踮起脚尖强行用皮筋把他的头发绑成一束。

扎完头发后，由于杂志得拍摄刊登的照片，来夏便准备退到一边，今宫却招手让她过来，眼睛故意看着别处。

"我不要紧的。"即使来夏这么说，但在理子的热情劝说下，她只得一起合影。取材结束后，理子过来说道：

"最后，我搬到了远离市中心的乡下。那里有座大仓库，改装后似乎能让猫咪们过上舒适的生活。这下也能增加收容的数量了。虽然说实在的，我不大愿意继续搬家。"

"原来如此。亏您能找到这样的房子呢。"

"那个……其实是根田先生帮我找到的。他是土木工程公司的木匠师傅，转眼就做出了满墙的猫塔和供猫咪运动的器材。房子在郊外，就算用护网围住院子，地方也很宽敞，绰绰有余。猫咪们肯定也会幸福的。"

看到理子说话时羞赧的表情，来夏顿时明白了——猫咪们也幸福的这个"也"字中，同时包含了理子自己。刚刚还在感叹理子的表情变开朗了，人也比先前漂亮多了，原来是这么一回事啊。

"搬家地点已经定下来了啊，太好了。"今宫说道，理子有些害羞。

"什么时候搬呢？"

"就是后天。已经忙得不可开交了。"

"焦糖君后来还好吗？"

"现在改名叫焦糖乌冬了，日子过得可悠哉啦。"

"虽然名字听起来很难吃，但不管怎样，真是太好了。唔，祝你们幸福。"

今宫说得结结巴巴的，理子则笑眯眯地点点头。

取材结束之后，来夏一边给今宫和自己泡咖啡，一边笑着说：

"还祝别人幸福，今宫先生明明对这类事情很迟钝，居然能明白过来呀。"

"迟钝是什么意思？你老爱把我说得跟怪人似的。"

笑着喝完咖啡后，今宫一脸"接下来要干正事"的表情，拿起了听筒。

来夏在洗杯子。在水流声的空隙间，今宫的声音听起来断断续续的。

"——局吗——不好意思——我有事——嗯——那就麻烦你们科了……"

局？来夏有点在意，却又觉得或许是听错了，于是继续把杯子洗完。

半个月后，来夏发现随意打开的电视画面上，出现了理子住过的房子。新闻曝光了住宅区内的大麻工厂。在窗户紧闭的房间里，把灯光打开后，发现了用水培法种植的大量大麻，几乎摆满了地面。不仅如此，这里还进行大麻干燥的加工。

刚进店里，来夏就一把抓住今宫。

"今宫先生，这到底是怎么回事？"

"哎呀呀。"

今宫往后退了半步，仿佛是被来夏的气势给推动了似的。

"你什么时候发现的？"

"CIA[1]以前计划过用猫来当间谍，这事你知道吗？"

他让来夏坐在了椅子上。

"间谍是怎么回事？"

"在尾巴上装天线，在身体上装窃听器，然后让猫去听重要人物的谈话。猫不易受人怀疑，所以他们耗费大量的经费与时间培育出了间谍猫。结果，你猜怎么着？那只猫间谍出道的当天，在奔跑的时候被出租车给压死了。想到现场微妙的氛围，简直尴尬极了。"

"不好意思。你现在在说什么？"

今宫沉默了片刻。

"所以说，在看到相机的瞬间，就能知道根田先生不是跟踪狂吧？"

"为什么呢？"

"那可是胶片机啊。"

---

1. CIA是美国中央情报局的简称，世界四大情报机构之一，总部位于美国弗吉尼亚州兰利。——译者注

"难道你想说，现代用胶片机的都是好人？"

"不可能啦。我的意思是，哪有人让最不适合间谍活动的动物佩戴最不适合偷拍的相机。"

"为什么不适合呢？"

"那卷110胶片是ISO200。"

来夏表示不解。

"ISO是指胶片的感光度吧？"

"对对。即便和刺猬相机的镜头组合在一起，也只适合在光线好的地方拍摄。因此，猫间谍必须在暖和的太阳底下活动。"

"那猫会睡觉呢。"

"是的呀。"

远处传来救护车的警笛声，经过店铺时，却莫名调低了响声。

"既然如此，就说明相机没有任何问题啊。为什么不马上告诉她相机的主人不是跟踪狂呢？这样一来，也不用害她瞎担心了。"

"把猫的相机和那群可疑男子分开思考时，我发现问题可能出在别的地方。"今宫继续说道，"相机也是一样，比如需要手动倒卷的机器出了问题时，究竟是快门按不下去，还是卷片扳手不行了——我们得从锁定这些原因开始。尽管她对言语中伤有些敏感，但搬到这里之后，却没有具体的中伤内容。只有可疑人士在家附近徘徊的事实而已。于是我首先想到，或许这些人另有目的。"

今宫望着窗外。

"我偶尔会去逛瑞士和德国的二手相机市场，与其把预算花在住宿上，还不如花给相机，在背包客留宿的廉价旅馆中，我住过最便宜的那一档。当然，里面也住了些素质不太高的人。他们在房间里传递可疑的植物，大家一起吸。经常有人劝我试试。"

"今宫先生不会……"

"我当然拒绝了。比起那种玩意儿，二手相机市场对我来说才是天堂，也让我的大脑更加兴奋。"

虽然他这样也很古怪，但来夏心里还是松了口气。

"那种房间里总是烟雾缭绕，为了隐藏那股香甜又苦涩的气味，他们也会焚香。所以，那伙人的衣服上味道特别重。她来店里的时候，我那段记忆突然苏醒了。你有因气味而突然苏醒过一段记忆吗？"

来夏点点头。

"只要有照明，大麻也可以在家中栽培，可为了尽早收获，通常会一直把灯亮着。如果附近有座不论昼夜、全年灯火通明的房子，你会怎么想？"

"这……确实很可疑呢。"

"所以人们会用护窗板或塑料布把窗户遮上。但光是这样还不够，最为关键的是大麻草本身散发的独特气味。对植物来说换气必不可少，气味必然会泄露到室外。也有大麻工厂就是因为气味而被揭发的。"

来夏也终于明白了。气味要如何消除呢？只要用别的气味掩盖即可。

"随口一问，理子小姐说现在的住所不是自己找的。当时我就觉得房东很奇怪。在饲养多只猫的情况下，不管如何小心，都会降低房屋的资产价值。他居然在博客上主动邀请理子小姐，称自己不介意。我以为他肯定是个特别爱猫的人。"

"今宫先生，难道初次聊天的时候，你就已经……"

"修理的基本是观察。"今宫静静地说道。

"问她之后得知，房东既没有来屋子里和猫玩过，甚至都没见过面。博客上还凑巧有人给她推荐熏香。我产生了一丝怀疑，正要回去时，望了一眼房子，护窗板果然关得紧紧的。"

"但你为什么不马上告诉她呢？上面可是大麻工厂，得想办法才行。"

今宫想了一会儿，开口道：

"我个人并非百分之百赞同救援地方野猫的活动。可是，她在拼命为流浪猫努力奋斗，面对中伤也毫不气馁，把猫咪们一路保护到现在。她以为房东乐意把房子租给她，是因为赞成她的理念。假如知道房东只是为了掩盖气味，恐怕就心如死灰了。"

来夏目不转睛地看着今宫的脸。可能因为一直被盯着看，他不自在地移开了视线。

"怎么了？"

"没，只是意外今宫先生还能有如此想法。居然考虑到了相机以外的事情……"

"我又不是一天到晚只想着相机。"今宫苦笑着。

"总之，一旦引发事件，必然躲不过媒体的视线。就算猫咪收容所和大麻工厂毫无关系，也改变不了它被恶意用来隐藏犯罪的伪装。即使无故遭受抨击，她和猫咪们也只能继续住在那里。"

来夏点点头。

"话虽如此，又不能瞒着她任由事态发展。也不知道楼上的房东何时会被逮捕。说不定哪一天就必须搬家了，可住所又不容易找。"

"你把这件事告诉了根田先生？"

"我不确定楼上是否真的是大麻工厂，所以也没详细挑明。不过，我还是告诉根田先生，关于跟踪她的人以及住在楼上的人非常可疑，她和猫以后可能会遇到他人的恶意。面对这种状况，他似乎无法坐视不理。"

来夏也想起了根田磐石般的外貌。那天送理子回家的时候，他肯定一直用锐利的目光扫视着街道。

"不过，二人的发展倒是出乎我的意料。"

今宫小声补充道。

后来，理子直接把样刊送到了店里，来夏与今宫一人一本。根田也一起过来了，脖子上挂着一台相机。在根田手上，单反相机也被衬托得小巧玲珑。

尽管杂志上的版面很小，但今宫相机店的介绍与照片登得清清楚楚。

照片中的两人隔着微妙的距离。由于今宫的头发是匆忙绑上的，辫子有点不服帖，从旁边窜了出来，看起来就像蝌蚪尾巴一样，透着滑稽。

"老板，这张照片真不错呢，感觉像相机店的年轻夫妇。"

根田豪爽地笑了起来。

"他呀，特别痴迷相机，每天都'相机相机'地念叨。"理子甜蜜地说道。

"对了，我拍了张很厉害的照片，你们看看嘛。我还买了三脚架。"根田拿出一张照片。

"现在的房子，院子特别宽敞，所以我们用金属网围了起来，猫咪们随时可以自由出入家中。有天晚上我发现猫窝里一只猫也没有，就纳闷地找遍了院子的角落——"

起初，来夏没看明白这张照片。有什么东西紧紧地挤在一起。只看出黑暗中有盏明晃晃的路灯，旁边挨着一棵树。

但照片上挤在一起的，其实是数量惊人的猫咪。就跟玩推挤游戏一样紧紧聚成一团。由于相框只是截取了一段，猫咪们仿佛多得一直延伸到了地平线的彼端。

"院子外面的猫也聚了过来。瞧，它们围着树，好像站成了一个圆圈。都数不清有多少只猫了。我冲回屋里拿相机，用闪光灯的话，估计猫咪会吓得四散而逃，所以摆上三脚架，用自拍装置进行了 B 门摄影。"

"B 门摄影就是长时间开启快门，让胶片慢慢曝光。"

今宫为来夏补充道。可来夏对照片看入了迷，几乎没听到他的声音。

"看这里呀。"根田悄声指着树上，"只有这里模模糊糊的，看不太清楚，不觉得这影子看上去像只超级大猫吗？"

那里有个貌似猫影的东西。和下面的猫相比，简直不是一个等级的大小。能透过影子看到另一边，也不知道是不是真实存在的。八成是树影和光线凑巧形成了这副模样。

"猫神？应该不会吧。"

今宫也疑惑道。来夏她们又着迷地看了会儿这张照片。

"啊！"来夏好像突然想起了什么，"话说洗好的 110 胶片里，有我的照片吗？"

"有的，就是那个啊。那照片是怎么回事？表情超级僵硬，手还这样弯着。你在做什么体操吗？"

来夏说明照片的前因后果后，根田不禁大笑起来。

"什么啊这是？到底为什么要拍这张照片呢？"

"我是想胶片用完后，主人肯定会考虑冲洗的。仅此而已。"

"为什么要拍我呢？随便按一下快门也行嘛。"

"我就是好奇刺猬相机的成像怎么样，不拍人像哪里知道呢。"

来夏目瞪口呆。

"拍照就为了这个？今宫先生真是的……"

"咦？那张照片我还没给老板？"

"是吗？"今宫只是歪着头，然后喝起了咖啡。

刺猬相机

＊第四章＊

打开时光胶囊

走出日暮里站的西出口，即使撑着遮阳伞，也早已冒出汗水。在这种日子里，冰凉的蕨菜糕看起来特别美味。

刚走下夕阳阶梯，就传来了叮铃的响声，耳朵深处顿时凉爽起来。风铃店的门口挂着许多风铃，有玻璃的、铁质的，感觉格外清凉。路过复古的理发店时，来夏心想把头发剪短些，会不会凉快一点。

确定团子店的老婆婆不在店里后，来夏放心地走进了相机店，不知为何她却在这里同今宫聊天。见来夏到了，她孔武有力得不像个老人，啪地拍了把今宫的背，搁下一句"加油啊"便摇摇晃晃地离开了。"好痛……"今宫嘟哝着，摸了摸后背。两人刚对上视线，又立刻看向别处，莫名陷入了尴尬的沉默之中。可沉默只会让气氛更加尴尬，来夏想说点什么，却一时之间也是无言。

"我说。"

"我说。"

同时开口，又同时沉默。

"今天也好热啊。"

"是呢。"

"啊，对了。昨天那位先生的家属过来了，说会在来夏小姐上班的

94

时候再来。他们一个劲地道谢，说你是救命恩人。人好像恢复得很顺利。"

昨天下午，一名男性突然倒在了店铺外面。

"太惊讶了。救护人员也说来夏小姐的处理非常完美。后来，大家都问我你是不是医疗从业者呢。我也大吃一惊。我还以为那种时候你铁定不知所措，什么也不会做呢，结果比我沉着多了。"

"过奖了。"来夏回想起了昨天的事情。

*

有人在面前倒下时，一时间会不知如何是好。

来夏扔下扫帚，冲出了店门。倒在地上的，是一名西装打扮的中年男性，脸色苍白。她摸了摸他手腕上的脉搏，把耳朵贴上去听心脏跳动的情况。

没有心跳声。

看起来也没有呼吸了。即使拍打脸颊呼喊他，瘫软无力的表情仍然没有变化。

来夏感觉自己的心脏像被揪紧了似的。她拜托停住的路人去拨打119。刚好今宫也注意到状况，从店里出来了。

"今宫先生，团子坂派出所里有 AED[1]。请你立刻借过来。"

1．全称"自动体外除颤器"，一种可被非专业人员使用的用于抢救心脏骤停患者的医疗设备。——译者注

确保气道畅通后，来夏做了两次人工呼吸，按压了三十次胸口。汗水从她额头滴落。她一边重复上述操作，一边在脑子里反复告诉自己：这次没有错，这次能成功的，这次一定要成功。

男性仍未恢复意识，来夏全身都冒出了汗水。扎在后面的头发似乎也松了，可自己已无暇顾及，只发现远处围起了一圈人墙。

今宫跑回来打开了 AED。他脱掉男性的衬衣，用剪刀剪开了打底的圆领 T 恤。把电极贴在胸口，按照语音提示进行电击。二人轮流给男性做心脏按压，用袖子擦去渗入眼睛的汗水。

没过多久，救护车赶来接着抢救，即使在救护车离开后，来夏也仍旧无力地瘫坐在地面上，浑身是汗。或许因为强烈的紧张感突然消失，她觉得有点头痛，而且越来越严重。进入店中后，尽管今宫端来了一杯冰麦茶，可脑袋依然痛得像绷紧了似的。她一口气全部喝光了。

"亏你知道哪里有 AED 呢，我都不知道派出所有。"

"我事先调查过了。万一发生这类状况便能派上用场。"

今宫又端了杯麦茶过来。

"你都精疲力尽了，今天可以回去休息了。"

"不，我没事的。"

来夏站起身来，可银色颗粒在眼前一闪一闪地飞来飞去。

"你一直在高温环境中给人做心脏按压，我猜你已经没什么体力了。"

"可是……"

"那你上楼稍微躺一躺吧，只是要委屈你用我的被子了。"

来夏觉得有点不合适，但是比倒在路上给人添麻烦要好多了。于是她拿起了包。

这是头一次上二楼，收拾得意外整洁。书柜上挤满了书籍。今宫打开冷气，从壁橱里搬出了褥垫，铺上新的床单。

"被子挺单薄的，真是抱歉。请你躺一会儿吧。我就在下面。这个是毛毯。"

"不好意思了。"

确认下楼的脚步声完全到达一楼后，来夏松开了头发，用汗巾迅速擦拭身体，然后一头倒在了被子里。她心想睡个十分钟应该就能恢复了。

她捂住额头，意识瞬间融化在了灰色的雾霭里。

来夏做了一个漫无边际的梦。记忆的碎片不断变换着画面。就跟打紧急电话时，一次又一次地按错号码似的，是个令人焦躁的梦。

不知过去了多久。脸颊有种被手指轻轻触碰的感觉，她惊讶地睁开了眼。

"我……"昏暗中，她与今宫视线相交，"我完全没事……"

来夏飞快地坐起身来，离开了今宫。只见窗外一片昏暗。

"啊，对不起。我叫过你，可是你呻吟得厉害，就担心你有没有事。抱歉，吓到你了。"

"不，抱歉的是我才对。我好像睡了挺久的，都到傍晚了啊。我只打算躺一会儿的，没想到睡到了这时候。太不像话了，对不起。"

来夏慌忙整理好头发和睡乱的衣服。今宫打开了电灯。

"已经好了吗？"

"真不好意思。"来夏边说边叠好褥垫。

*

刚到家，来夏就立刻冲了个澡，接着又倒头睡到了大天亮，因此昨天的疲惫已烟消云散。

"话说真的好热啊。"

今宫看着窗外眯起了眼睛。

今天外面的行人不多。可能都在警惕中暑，毕竟这温度真的要热死人了。

"啊，不过今天再过一会儿，我想就会下雨了。"来夏说道。

"怎么会？天气这么晴朗。"

今宫似乎发现来夏的视线落在了自己的头发上，便问道："难道你是根据我的头发来做的推断？"

"绕来绕去、四处乱翘，像这样，弯曲的角度有点微妙。基本上都是准的。"

"原来如此。感谢你提供的宝贵信息。"今宫苦笑着说。

"既然这么热，干脆把头发剪短不是挺好的吗？"

"没关系的。"

"剪了肯定更好。"

"我头上有四个旋，发质硬，发量又多，我知道理发师每次都剪得挺为难。留长后扎起来可能更好，但一直扎着又会头痛。可要是剪短了，看起来就跟花椰菜一样。"

来夏觉得笑出声来不太好，于是忍住了。

客人过于稀少，来夏索性去展厅部分欣赏起了照片。店铺的一角是出租的展厅，可以租给想举办小型摄影展的业余爱好者们。与大型展厅相比，价格相对便宜，每个月也能接到几次预约。而没有这类活动的时候，便随机展示一些样品，比如今宫拍的照片或常客的摄影作品。

虽然今宫换照片换得很勤快，但来夏基本上一眼便能看出哪些照片是他拍的。

"这张照片是今宫先生拍的吧？还有这张和这张。"

"亏你能看出来呢。"

"凭感觉。"

来夏忽然问出了一直很好奇的问题。

"话说，感觉今宫先生的照片里很少有人像呢。"

"我不擅长拍人。"今宫沉默了一会儿说道。

"为什么不擅长呢？"

"照片能反映出拍摄者与被拍者的关系吧！"

"是这样吗？"

来夏有些不解。

"佳能每年会举办名叫'摄影新世纪'的摄影大赛，我年年都去惠比寿的摄影美术馆参观。不论是用胶片机还是数码相机，大家用千奇百怪的方法拍摄各种各样的事物，真的很有意思。有沉入湖底的樱花，有夫妻离婚前的每日抓拍，有些拍的全是在沙滩上欢乐戏耍的人，有的主题是桌子上母亲的留言，还有专拍单车坐垫的特写。"

"有意思……吗？"

"特别好玩，即使相片内容一样，各自使用的器材、拍摄手法、关心的对象也全然不同。而且展览还是免费的。"今宫继续说道，"好像是几年前的优秀奖吧，有部作品拍了街角的普通人，基本上都是老婆婆。每一张照片里，大家的表情都棒极了。比如市场的老婆婆笑眯眯地把柿子递过来。我猜啊，拍这张照片的人绝对是个相貌可爱的美男子，待人亲切、善于交流，拍完之后，一定收到了成堆的柿子和蔬菜……"

今宫神色黯然地嘀咕着，因为觉得不太好，来夏还是憋住了笑意。

"我想自己一辈子都拍不出那样的抓拍。像是与被拍者争执那样，体现关系决裂的照片也不错。我还是有点害怕拍人。"

正在此时，店门哐啷响起，一位客人走了进来，二人赶紧调整好姿势。

"欢迎光临。"

可以听出今宫"欢迎光临"中的"临"字音调比较低。来夏早已看穿，当今宫本人不太欢迎客人的时候，说话就有点这个样子。就因为老板这幅德行，这家店才不可能宾客如云。

客人是个高中女生。裙子短到勉强遮住屁股，蓬松的假睫毛和彩色美瞳把眼睛修饰得炯炯有神，妆容也十分精致，短袖衬衫的衣摆从短裙里露出来，头发染成了金色，看起来不像女高中生，反倒像聚集在车站、故意打扮成这一类型的揽客女郎。她穿着一双浮夸的沙滩鞋，上面还缀着假花。总而言之，看着不像捣鼓古典式相机的顾客群体。

"啊，不好意思，这个能卖多少钱？"

她拿出一台小巧的相机。

"对不起，只有十八岁以上的客人才能转让相机。"

今宫故意装出抱歉的语气。

"知道了。"女高中生在包里摸索时，一个色彩鲜艳的四角形塑料物体掉在了地板上。它倒在角落里，接连发出尖锐的女声："来，茄子，哇，为你鼓掌！""表情不错哦！""三二一，大家笑一个。"来夏注意到那是一个会发声的玩具相机。

她捡起玩具递给女高中生，对方一脸尴尬地双手接过。

"不好意思，谢谢你。"

居然会老老实实地道谢，来夏暗自觉得惊讶。

女高中生继续翻找背包，接着用双指夹出了一张驾照。上面写着"初濑圆香"指甲也是鲜红色的。

"这是我的驾照，看吧，千真万确十九岁。因为某些原因休学了一年，现在继续念书。"

一看证件，的确是十九岁。

实际上做估价的人自然是今宫，不过来夏也得帮忙办理，今宫曾向她解释过收购业务的内容。在回收店等地，十八岁以下的顾客有时凭父母的同意书便能做交易。但为了避免纠纷，今宫相机店的收购仅限十八岁以上的顾客。尽管得看具体商品，其中却也有价格昂贵的，这样做是以防孩子私自把父母的相机拿去换钱，后续惹出麻烦事。

不仅来夏从这名女高中生——圆香身上嗅到了麻烦的味道，今宫有点锐利的眼神似乎也说明了一切。

"原来如此，失礼了。那我来检查一下这台理光 Auto Half。"

今宫淡漠地说道。如此一来也没有拒绝的理由了吧。圆香拿出的手掌大小的小型相机，来夏以为铁定是台数码相机，可似乎是正儿八经的胶片机。圆角的长方形机体上，旋钮长得像数字 6 一样，整体略圆润，设计得复古而可爱。

"我不是很懂，就直接带了过来。从没接触过胶片机。"

"恕我冒昧，这是您家人的相机吗？"今宫试探道。

"啊，它的主人死了。哎，那个人是我爷爷。"

"也就是遗物吧。我明白了。"今宫仿佛觉察到什么似的，开始了检查。

他试着拨动旋钮，可它好像卡住了，纹丝不动。

"啊，里面有胶片……"他自言自语地嘟哝道，"太遗憾了，倒卷扳手有问题。"

今宫指着用于倒卷的长得像扳手的零件。

"原本只要旋转这个，就能把胶片卷好。"

圆香盘起手臂。

"理光 Auto Half 是一款人气不错的机型，其实这样也能估价，收购的价格差不多五百日元吧。"

"呃，这么便宜？这可是我爷爷的藏品之一，一直嚷嚷着不许我碰的，还以为会更值钱些呢，起码五万日元左右。"

"五万日元也太强人所难了……"来夏心想。

"因为倒卷功能坏掉了，所以胶片卡在了一半。"

"哎，这样子啊……"

听到今宫的话，圆香露出一副真心嫌麻烦的表情。

"算了，反正我也不会用。卖了就卖了。"

"胶片要怎么处理呢？"

"啊！"圆香叫了起来，"对哦，我想起来了。"

她视线的焦点忽然转移，似乎在寻找心中的记忆。

"弄坏这台相机的人是我，我缠着爷爷让他借给我，结果相机摔在了地板上，看这里，有个角凹下去了吧？"

定睛一看，相机的一角真的有凹陷。

"因为这事，我挨了一顿猛批。爷爷说'就因为角容易凹陷，我才一直小心保管！'还打了我屁股好多下。对对，就是这样。"

"您记得是什么时候的事情吗？"

"我想想，什么时候来着啊，如果是小学一年级或幼儿园的话，那就是十年前？不，应该是十三四年前吧。"

"那么早以前的胶片，可以冲洗吗？"来夏问道。今宫用手抵着下巴，思索了起来。

"毕竟胶片劣化了。估计褪色严重，也许只能洗出勉强看出内容的画面。老实说，在送去专业冲洗店前，什么都不能确定。但即使每张照片都没有内容，也会产生相应的冲洗费，所以如果不需要的话，我们可以帮您处理掉。"

"嘿，好纠结啊。"

思考片刻后。

"算了，胶片就处理掉吧。应该不怎么重要，毕竟我都忘了这么久，估计没拍什么了不起的东西。"

"我知道了。"今宫拿起相机，"一切的一切，瞬间就能归为虚无。无论是拍摄者当时的记忆，还是心情。"

"什么嘛，你这样说搞得我都好奇了起来。"

圆香似乎在犹豫。

"这就像十三四年前的时光胶囊呢。"

来夏也不禁呢喃道。

"十三四年前的时光胶囊啊……"

圆香迟疑了一会儿，突然睁大了眼睛。

"对了，既然这里是相机店，能马上显影吗？可以知道上面拍了些什么吗？"

"我们这边是用小型的自动显影机给彩色胶片显影。"

"那个贵吗？"

"只看胶片的话，五百日元吧。"

这时外面传来了哗啦啦的响声，来夏看了眼店外，下起了倾盆大雨。雨珠拍打在沥青路面，雨势大到仿佛地面也在倒着下雨。

"哇，忘记带伞了，不过雨这么大，估计带了也没用，真讨厌。"圆香看着今宫，"那显影花的时间长吗？"

"二十分钟吧，再加上干燥的时间。如果只想看底片上面有什么，大概三十分钟就行了。"

"避雨的时候顺便开个时光胶囊也不赖。虽然得到五百块又支付五百块，简直没意义。"

圆香凝视着倾斜落下的雨线说道。

"那么请稍等。"今宫站起身来，拿着相机走进工作室。

"这雨不会要一直下个没完吧？"圆香一脸忧愁，来夏决定给她泡杯茶。

"不介意的话，要喝冰咖啡吗？"

"啊，不用。白开水就行了。"

女高中生喝白开水让来夏有些意外，但又想起以前流行过白开水减肥法。圆香看起来也不胖，却在意自己的体型，看来哪一代的女生都不容易，来夏不觉心生共鸣。

把装着白开水的杯子端过来时，来夏不小心绊到了台阶。盘子一斜，玻璃杯也跟着倒了，她赶紧抓住杯子，可水还是洒了一大半。

见来夏愣在原地，圆香从包里抓出几张貌似湿巾的东西，麻利地铺在地板上吸干了水分，接着又抽了一张递给来夏。

"脚没事吧？"

"没、没事，真不好意思，谢谢您。"

"没有烫伤吧？"

来夏用圆香递来的湿巾擦拭膝盖，再次道谢。她重振精神，又端了一杯新的白开水。

"刚才真是对不起。幸有您的帮助。"

"没什么啦。"圆香笑了。来夏稍做反省，发觉自己先前对她浮夸的打扮和语气持有过分的偏见。

"都拍了些什么呢？希望是一份能给人留下美好回忆的底片。"

听到来夏的话，圆香用鼻子哼笑了一声。

"不会不会。我和爷爷之间发生了许多事，最后连他的葬礼都没参加。我们两年前就没再见过面了。说什么'你们是初濑家的耻辱'。明明家门也没有多厉害啊。"

　　来夏后悔自己选择了这个话题。大概每个家庭都有各自的难言之隐，即便在外人看来，他们过着平凡普通的日常。

　　"哎，爷爷老说我态度坏、字迹丑、成绩差，还说什么绝对不许碰他的相机、唯一的孙女起码得高中毕业……真的超级啰唆，可一旦人死了，宝贝相机就会被孙女毫不留情地卖掉，真是滑稽。我觉得人死了，一切就都结束了。"

　　来夏沉默不语，努力做出既不算微笑也不算冷漠的含糊表情。

　　"爷爷还有些什么其他相机呢？明明那么小气，却唯独对相机无比痴迷。哪个人稍微碰一下，他就生气地嚷嚷这个很贵的，千万别碰。"圆香慢悠悠地扫视着柜子，"这家店的相机，爷爷有那台、那台……还有那台。"

　　看着她指出的相机，来夏点点头。

　　"每一台都是好相机呢。"

　　无论哪一台，在今宫的店里都被标上了高价。

　　"总之，今天我从里面带来了最轻巧的一台，其他的太重了，搬不动。"

　　"啊，我们店也有上门收购服务，您可以试试。"来夏说道。

　　"啊，那下次可能会用到。"园香笑着回应道。

　　正在二人闲聊之时，今宫把显影完毕的胶片拿出来了。

　　"啊，时光胶囊开启了。"

　　"这是底片，所以得翻转一下。"今宫把胶片放进了扫描仪。

"开始喽。"

好歹这也是顾客的隐私，所以今宫与来夏离开屏幕处，退到了看不见的位置。

"这是啥啊？"

似乎出现了意外的内容，圆香发出惊奇的叫声。

"没事，你们过来看一下嘛。好奇怪啊，这是什么？"

于是来夏与今宫走了过来。屏幕上的内容令来夏也困惑不解。圆香同样歪头纳闷。

横向排列的十二张图片，每张都不明所以。而且，半数胶片没有内容。画面中有地板、墙壁、貌似膝盖的部位、人物脖子以下的部分、桌子的一条腿，其中唯一能看出的内容，是一张笑脸。可这张胶片也只拍到额头为止。

年迈的老人在笑。那是难以形容的满面笑容。来夏想起了方才与今宫的对话——即拍摄者与被拍者的关系。

照片中的老人眉开眼笑，仿佛拍照的人可爱得不得了。

"您的爷爷吗？"

圆香目不转睛地看着这张照片，眼神真挚，甚至让人犹豫该不该向她搭话。

"没错。是我爷爷。"

"拍下这些照片的，无疑是小朋友。估计是把相机当成玩具来拍的吧。这台相机很轻巧，不需要对焦，小朋友也能轻松拍摄。只要把发条上好，后面只管按快门就行。即便是一卷二十四张的胶片，理光 Auto Half 也能翻倍拍出四十八张照片。它把每张胶片分成了两半，因此叫'half'。不光外观可爱，这台相机在性能方面也经过了悉心的设计。"

今宫把底片装进透明的底片袋里。接过底片的圆香，又透过光亮凝神注视着它。她想了一会儿说道："这台相机我可以不卖了吗？"

"嗯，当然，不过倒卷的问题无法修复。若能修复的话，也就可以修理了。"

"就这样吧，我直接留下了。啊，这是显影的钱。"她掏出五百日元的硬币。

来夏把钱收进出纳机里，发出了"叮"的响声。

雨不知什么时候停了下来。

"谢谢你们。"圆香回去时颔首致意。

等圆香的背影消失不见后，来夏开口道："十三年前的时光胶囊啊。也许她想起了从前被爷爷疼爱的回忆呢，幸好画面还留在胶片上。"

今宫没有回应，一副若有所思的样子。

"不对，来夏小姐。拍下那些照片的人不是她。"

今宫边说边松开了头发。

"什么意思？她本人不也说了，弄坏那台相机的正是自己呀。"

"相机有修理的痕迹。所以，她以前确实弄坏过。"

"那为什么……"

"胶片。"今宫指着胶片外面的暗盒，"胶片很新，不是十三年前的东西。暗盒的商标也是更新过的。而且，如果相机里一直装着十三年前的胶片，那显影不可能如此鲜明。还有，色彩也没有劣化。"

"既然如此，她为什么突然不卖了呢？假如是毫无关系的照片，她也不会那样珍惜地把底片和相机都带回去吧？她说过，自己跟爷爷关系不大好。为什么突然这样子呢？"

"和爷爷关系不好是怎么回事？"今宫询问。

"你在暗室里的时候，我们聊了一小会儿。好像……两年前开始就没见过面了，葬礼也没有参加。爷爷还对她说过类似'你们是初濑家的耻辱'这样的话。"

说着说着来夏想到，你们的"们"究竟指的是谁呢。

今宫用手抵着下颚，陷入了沉思。

"她十九岁对吧？"

"不过，孙女连葬礼都没参加，到底发生了什么事呢？不管生前的关系如何恶劣，我觉得起码也会参加葬礼呀。毕竟是最后的道别。"

今宫也苦苦思索着。

"哎，还是别深究客人的私事了。"今宫操作电脑删除了图片，"她突然改变了心意，就这么简单。"

尽管今宫这样说，可来夏依然在思考。为什么她突然想把相机带回去了呢？为什么要带回那台糟蹋过的相机？

关键肯定在于那卷胶片。它无疑是小孩子拍摄的，却又不是十三年前的她。真的是陌生小孩拍的吗？不，若是这样，她一定会卖掉相机，绝不会那般珍惜地把底片也带回去。那些照片到底拍了什么？她又在上面看到了什么——

难道这台相机是偷出来的？看见爷爷的笑脸后，她反思自己做了件坏事，便决心物归原处？

不，说不定底片上有什么关键内容，她带回去是为了当证据。

比如看到过世之人被拍下的一部分后，她恍然发觉了什么。或是上面留有某种信息。

"来夏小姐，你在听我说话吗？"

"啊，对不起。我在想点事情。"

今宫叹了口气。

"还在想刚才的客人吗？

"难道你不在意吗？我想知道发生了什么。"

"不管咱们再怎么思考，也无法知道真相。毕竟，又不可能跑去问客人猜得对不对。"

"可我就是好奇呀，心里放不下。"

今宫摇摇头。

"那么——我来编一个能打消你心中疑问的结局吧，绝不是八卦哦。可以吗？这样你能稍微认真点工作吗？"

"好的。"来夏笑了。

今宫盘起手臂，思索了起来。

"关于那组照片，前提条件确实是出自孩童之手吧？"来夏说出了一直在思考的疑问。

"因为有很多角度极端的照片。"

"你是说角度有种由下仰拍的感觉吧？"

"还是自己尝试起来最快。"今宫边说边走向柜子，"为了能马上看到照片，今天就用宝丽来吧。"

他拿出了一样棕色的板状物体。拉开上部，折叠在里面的镜头便出现了，整体变成了相机的形状。镜头上罩着好似滤光片的东西。今宫剪开相纸包装，把相纸插进相机，然后把相纸盒也垫了进去。

"这个叫宝丽来 SX-70。我坐在椅子上再现刚才的爷爷，请来夏小姐负责拍摄。第一张就站在椅子上俯拍。快门在这里。"

来夏站在椅子上，从上方俯拍今宫，随着一声微响，照片出来了。然而只是一张蓝色的长方形卡片。

"还没显影，会慢慢出来的。像这样从上方进行拍摄，就叫作俯角。"

来夏又水平拍了张同样的照片，最后跪在地板上拍了一张。"再低一点。"听到今宫的指示，于是她缩紧了身子。"可能还要低些。"来夏的姿势有些勉强了。"好，这就是仰角。"

看着画面在桌上的相纸中逐渐浮现，感觉非常新鲜。正方形的画面，成像整体偏绿，营造出一种别样的氛围。

"就像这样，同一个大叔也会因不同的相机角度而拍出截然不同的感觉。"

来夏苦笑地端详着照片。的确，从上方拍摄感觉看起来年轻些。如果认真拍今宫的话，角度可能再往下一点会更好，她忽然发现那正是自己平时看他的视线。

"从上方拍摄的俯角，有种空间被压缩的感觉，性感偶像想让自己看起来更年轻、更可爱的时候，便会这样做。女性在自拍的时候也会无意识地拍俯角吧？而仰角拍摄的话，空间会开阔起来，显得腿更长。"

来夏想起了刚才的照片。确实是从下方仰视拍摄的，而且位置还极低。自己虽然个头娇小，拍摄的时候也要跪下，还得把身子弯得更低。成年人以这样的姿势连续拍照的确很勉强。

"理光 Auto Half 本身小巧，只要发条的弹簧没到头，就能连续按几次快门。给小孩当玩具四处拍照，是一款最适合不过的相机了。"

来夏再次陷入沉思。

"今宫先生还记得都拍了些什么吗？好像是室内吧。"

"我想应该是她熟悉的地方。如果有哪里不对劲，她会说这个地方不认识、没见过的。"

"那会是她爷爷家吗？"

"估计是的。"

来夏陷入沉思中。有个小孩子在爷爷家拍下了照片，当时相机出了故障，胶片直接留在了相机里。

"里面留有用到一半的胶片……"今宫继续说道，"表明没人把相机带去修理、冲洗，或者说这个人已经彻底离开了。"

因为爷爷去世了，来夏想到。

"通过分赠遗物等方式，爷爷直接把相机交给了自己女儿——也就是圆香的母亲。"

"啊，她说家里还有几台爷爷的相机。我想想，她说有的相机是……"来夏回忆着圆香指出的相机，一边指给今宫看，"好像有这台、这台和这台。"

"尼康 F、哈苏 1000F、双镜头反光相机啊。藏品给人的感觉还蛮有钱的呢。"

今宫点点头。

"但她带来的，是那台可爱的理光 Auto Half 呢。她也说是因为轻巧才带了过来。啊，我有推荐她使用上门收购的服务，也许以后还会联系我们的。"

来夏望着店里的柜子。相机们出于各种原因，离开了主人之手，被整修得漂漂亮亮，今天也在默默等待新主人的到来。

"总而言之，两年前发生过什么，而且是很严重的事情，从此她再也没见过爷爷。"今宫说。

"是什么呢？怎么能气这么久？就算吵过架，可连葬礼也不参加，未免太过分了。"

"两年前，发生了某件决定性的事件。而且，她由于留级或休学，现在是十九岁。从这点考虑的话——"今宫思忖片刻，徐徐地开口说道，"拍下那些照片的，是孩子。"

来夏纳闷了。

"那个，先前已经听你说过是孩子拍的了……"

"所以我说的，是她的孩子。拍照的不是孙女，而是曾孙。"

"咦，怎么会？"

"在念书时她选择了生孩子这条，休学一年后，又回到了学校。或者是转到了定时制高中的日校。"

来夏盘起手臂陷入沉思。

"如果跟爷爷闹翻的原因是念书的时候生孩子，倒也不是没可能，但是……"

"未婚孙女怀孕生子，而且还是在念高中的时候，所以爷爷火冒三丈，接着发生了决定性的决裂事件。爷爷让她别再出现在自己面前。"

来夏又想起了那张爷爷的脸。他笑弯了双眼，伸出双手，一脸快要陶醉的表情。

"可照片是在爷爷自己家拍的吧。她没法进去，只有孩子能进去，这样会不会不太自然？"

"我猜念书的时候，带孩子的人是她母亲。然后，母亲把曾孙悄悄带进了爷爷家。好让两人见一面，以便做最后的道别。"

来夏瞬间想了起来——爷爷凹陷的面颊，眼睛下面的黑眼圈。

如果是癌症晚期，那么回家疗养也不足为奇。毕竟死期已近在眼前，况且……

看到来夏的表情，今宫也点点头。

"但是，爷爷脸色差或许是因为感冒之类的？"

"其他相机都很沉，虽然也要看镜头吧，可基本上都有一两公斤。唯独理光 Auto Half 轻巧多了，比它们轻一半以上。爷爷可能已经举不动相机了。但他那天很想拿起相机，有什么东西一定要亲自拍下来。"

即使人死到临头，仍然会渴望拍照吗？哪怕宝贵的时间已所剩无几？来夏思考着。

不，或许正因如此，人才想拿起相机，把珍贵的瞬间截取下来。

在曾孙的撒娇下，爷爷把一直以来不肯让任何人触碰的宝贝相机交了出去。看着曾孙按快门的样子，爷爷心里在想些什么呢？他发现自己不可能看到那些照片了吗？

即便如此，爷爷还是对着镜头笑了。

"可是，即使爷爷生命垂危，她也没去见他一面吧。"

想起她吐出的那句"你们是初濑家的耻辱"，来夏就有种苦闷的感觉。假如你们的"们"是指她和她的新生命，那"耻辱"一词也太残酷了。

"这只是我的揣测，说出去的话终究是覆水难收，想必疙瘩也会一直留在心里。或许孙女跟爷爷都觉得无法原谅对方，错过了妥协的机会。不过，要是她知道自己的孩子见过爷爷，看到底片时也不会显得惊讶。爷爷的那个笑容，一定给她带来了强烈的震撼吧，以至于她忍不住收回相机。”

来夏想到了从包里掉出来的玩具相机。

“这么说，那个玩具相机不是她的，而是她孩子的呢。”她恍然大悟继续说道，“啊，话说她既不要咖啡，也不要红茶，而是要的白开水。我还以为她在喝白开水减肥。原来如此，还在哺乳啊……”

“或许不想摄入咖啡因吧。虽然打扮浮夸，但我个人觉得作为母亲，她还是很认真的。指甲的颜色乍看之下非常艳丽，可是修剪得很短。”

“今宫先生看得如此仔细，很令人意外呢。”

“因为修理的基本就是观察呀。”今宫静静地说。

现在来夏觉得，她那身浮夸的打扮，也许是对抗社会的武装。年纪轻轻地生孩子，特别是在念高中的时候，往往容易被人用有色眼镜看待。所以看到底片的时候，她反而不想说“感觉这是我孩子拍的照片”吧。来夏似乎也能理解这份心情。

“啊，对了，今宫先生，难道给底片显影的时候，你已经发觉了部分事实？”

“为什么这样说？”

“因为给她看画面的时候，你没说这卷胶片是新的，不是十三年前的东西。”

"人也有不想说的事情嘛。我只是不想深入追究而已。"今宫望着窗外补充道，"说白了，只是胆小而已。"

雨后的天空晴朗舒畅。来夏也呆呆地望着悬在窗框上的排排水滴闪烁发光的样子。

对她的孩子来说，那是人生中的第一次摄影，对爷爷来说，恐怕是人生中的最后一张照片。而那张照片，改变了她作为母亲的内心。

"瞎猜时间结束。能接受吗？"

"行吧。不过，真相也可能完全不同。"

"毕竟瞎猜而已，无所谓啦。"

来夏无意识地把手轻轻搁在胸前。往事蓦然掠过脑海。

虽说癌细胞快要扩散至全身了，但那时的自己依然相信着可能性。说不定，万一治好了呢。

来夏，过来这边。来窗户这边。对对，感觉你看起来特别美丽。笑一个。这种表情我拍不了呀——

人为什么要拍照呢？来夏怔怔地想着。

这时，外面传来了似曾相识的声音。是高亢的女声。

"来，茄子。""哇，为你鼓掌！""表情不错哦！""三二一，大家笑一个。"

驶过店铺前的单车后座上，坐着一个年纪尚小的孩童。孩童把玩具相机贴在脸上，愉快地将镜头对向各处——雨后的天空、云朵、车辆，以及店里的来夏。

骑车的母亲戴着深檐帽子，也许是为了防晒，身上还罩着件薄风衣。

今宫和来夏互相看着对方。

"反正都是瞎猜的。开始搞卫生吧，天气可能凉快了点。"今宫从椅子上起身。

理光 Auto Half

第五章

紫色青蛙盗贼团

来夏套上了今年的第一件长袖衬衫，穿着心仪的长靴出门上班。刚走出日暮里站的西出口，天空已经在飘雨了，银丝般的细雨落在来夏的伞上，也落在冰激凌店的塑料棚上。她一边前行，一边侧耳聆听轻柔的雨声。本行寺的绿色也被雨水淋得更加鲜艳。今天从夕阳阶梯俯瞰下去，谷中银座也挤满了色彩缤纷的伞面。对相机店而言，似乎会是安静的一天。

今宫相机店旁边有家老药店，二者间隔了两家铺子。店门口的阿呱今天也在淋雨。

这只阿呱的原型好像是青蛙，颜色却不是常见的绿色，而是紫色，特别陈旧，眼睛的涂料也没了。这外形在夜里看着有点惊悚。包括底座在内，青蛙差不多有一个小孩那么高。不知是因为舍不得，还是摆门口已成为长久以来的习惯，尽管青蛙没有得到悉心的呵护，但药店开门时一定会把它摆出来。

事情的开端大约在两周前。药店门口的阿呱，开始隔三岔五地跑到今宫相机店的门口。最早发现这件事的，是从外面回来的今宫。

"阿呱跑来我们店门口了。"

"就是那家药店的奇怪生物吗？"

今宫放下大皮包。

"没错，青蛙阿呱。我小时候就有了呢。以前还没褪色，样子更为可爱。"

"说到今宫先生小时候，那已经过去二十多年了啊，算是古董了呢。说不定很值钱。"

今宫笑了。

"不，它好像是什么青蛙角色的山寨版，所以很微妙。"

来夏也在意起来，从店门口往外瞧了瞧。

"啊，我已经搬回药店门口了。之前摆放的位置是那里。"今宫指着相机店最右侧的窗户，旁边是玻璃双开门。店铺的右半边为展厅，因此从那扇窗户来看，比起店铺部分，看得更清楚的是展厅部分。来夏也经常看到一些人在外面透过窗户入迷地欣赏着展厅里的照片。窗户的位置偏高，而且是四边形的，有人站在外面时，窗户刚好成了肖像画的画框，真想加个诸如"看照片的人"的标题上去。

当时来夏没怎么放在心上，可第二天今宫又说"阿呱今天也来我们店了"，于是她渐渐在意起来。"你看。"他指着右侧窗户的外面。来夏稍微踮起脚尖，往窗户下面一看，真有只紫色的青蛙。

"它跑来玩耍的。"今宫又出去准备把阿呱搬回药店。阿呱是树脂做的，似乎比看上去轻不少。今宫轻轻松松就搬动了。这两周里他一直重复这一举动。即使问周围的店家，大家也说不太清楚。

今天刚从雨中来到店里，来夏便折好雨伞，把长靴换成了浅口鞋。

而今宫在店里，正把挂在展览区最上排的照片摘下来。

"最上面的你够不着吧，所以我来弄。第二排以下的可以拜托你吗？"

"有人要用展厅吗？"

"嗯。是地方摄影俱乐部的人。似乎是文化中心摄影班的成员新成立的俱乐部。组织者用相机也不满一年，每天拍得不亦乐乎。他们的首次摄影展选在了我们店，实在荣幸。啊，你知道旭先生吧？就是那个以前当过研究员的。"

"哦，我记得。那个选相机花了整整四天的旭先生。"

来夏回忆起旭先生的事，当时他一直赖在店里，以至于自己都在想这位客人什么时候回去，干脆留下来打工得了。白天来的时候，旭先生早已在店里，同今宫交流相机的各种话题，下班回去时他也在认真地做笔记，热心归热心，可来夏更惊讶于一台相机居然能扯出这么多话题。

"旭先生做了许多关于相机的功课，人非常较真儿，四天里能给他介绍各式相机，我也很幸福。尽管最后选中了尼康 F，但我觉得再多纠结一下也无妨的。"今宫回想起来，露出了羞涩的笑容，"旭先生建了个博客，好像每天都把相片扫描后上传进去。之前他告诉了我网址。里面有许多风景照、散步照和孙儿的照片。"

"拍得好吗？"

"好啊。有热情的人进步快。等下我把地址告诉你。"

　　来夏摘下照片并整理好。据说作品展将举办两个星期。从窗外能看到一些照片，店门口也会放上作品展的通知，路人应该会注意到照片的变化，随便进来看看。也有人会把亲朋好友一起带上，说不定接待工作会忙一点。

　　来夏突然发现玻璃柜空了一部分，便出声询问正在往出纳机里放零钱的今宫。

　　"咦，这里的相机怎么了？"

　　"啊，蔡司 SuperIkonta 昨晚卖掉了。是来夏小姐转让给我的呢。"

　　"这样呀。是位什么样的客人呢？"感觉自己的问法似乎有些奇怪，于是来夏继续补充道，"我就是好奇接下来是个什么样的人使用。"

　　今宫点点头。

　　"是名男性，感觉很斯文。对老相机好像很熟悉。"

　　来夏翻开笔记，在蔡司 SuperIkonta 一栏写上昨天的日期。

　　次日，来夏心血来潮看了眼窗外，又跟阿呱四目相对。

　　来夏走出去，心想阿呱是不是也喜欢相机，便用手拍拍它。她试着摇了摇。里面虽然装有重物，但自己似乎也能搬动。"难道是风吹的？"来夏自个儿纳闷着。可若是这样，还不足以说明为什么每次只有阿呱会动。不如，以"惊奇！会动的阿呱之谜"为主题用邮件投稿给某本地节目组好了，她这样想着，一边用双臂抱住阿呱，费力地送还到药店门口。

　　回到店里时，旧书店"卡利普索"的阿玲正好来了。作为女性，却长着中性的五官，与露耳短发十分相称。夫妻二人一同经营旧书店，看来是发自内心地喜爱书籍。爽快的性格和沙哑的嗓音莫名有种少年感。

"请问老板在吗？"

阿玲管今宫叫老板。

"今宫先生，卡利普索的阿玲小姐来了。"来夏招呼道。此时的今宫正在工作室里。

旧书店也地处偏离小巷的位置，离这里很近，大概也出于同样卖旧物的惺惺相惜，阿玲跟今宫关系不错。似乎是他唯一能开怀交谈的女性。阿玲看起来要年轻一些，但两人不仅年龄相近，对书籍的喜好也很合得来，旧书店一闲下来，她就会过来玩。

"啊，老板。我们这儿进了好像合你胃口的书，之后给你拿过来。"

今宫似乎喜欢年代略久远的侦探小说，知道他喜好的阿玲会周到地跑来做推荐。来夏给正在闲聊的两人泡着咖啡。话题好像关于西餐店老板的外甥遇到了骗婚，这家店就在谷中银座的附近。

"他整个人都心灰意冷，太可怜了。哎，还好没有骗成功。老板也得小心呀。那些人盯上的都是有房产没女友的单身汉。"

"我这虽然有房产，但如你所见，破房一栋，不用担心。"

"哎哟，你不懂的啦。"

或许是与犯罪有关，接着阿玲又聊到了旧书店的小偷。卡利普索是家专卖小众作品的旧书店，完全偏离了大众畅销榜，可这样的旧书店竟然也能引来小偷。真是人心不古。

"最近的小孩子也不能掉以轻心。"阿玲表情严肃，连今宫也觉得意外。

"小孩子？卡利普索没有摆那种畅销漫画吧？"

来夏也一边摆好咖啡，一边聆听。

"哎，毕竟有手冢治虫、水木茂的漫画，不知道他们盯上的是不是这些。八成是觉得能换钱吧。最近的小孩子都是组队行动的。"

"嘿，这样子感觉跟犯罪集团一样。"今宫摇摇头。

"到处都有坏小孩嘛……明天我就把书送过来。敬请期待。"阿玲闲聊片刻便回自己的店铺了。

"今宫先生，我们店不会来偷相机的吧？"

"最好小心，但我觉得应该很少。如果卖的是最新的数码相机，情况也许就不同了。"

"为什么呢？"

"与宝石相比，相机又重又难藏，生产序号和特征都有记录下来，转卖的时候会立刻暴露马脚，因为这一带二手相机店的信息都是共享的。送回收店又会被砍价，赚不到钱。更重要的是，关于二手相机的价格，若不具备一定的眼光，是难以分辨的。"

"是这样吗？"来夏一脸讶异。

"那么来猜猜价格吧。"今宫拿出了两台同型号的相机，都是黑色相机。

"这两台相机，哪台价格更高？"

两台尼康 F，怎么看都一模一样。颜色同为黑色，品相也差不多。今宫指着相机，说道："请看商标处。这个是 Nipponkongaku 吧？"

商标由三角形和凸起的长方形组成，可爱的字体刻印着"Nipponkogaku Tokyo"。另一台相机则是 Nikon。

"嗯。"

"这是变成 Nikon 前的商标。而且这只镜头有九片光圈叶片，生产序列号有六百四十万台的尼康F，俗称为 640F。属于尼康的早期型号，而且是黑色的，价格是这台的几倍。"

"不懂呢……"

"对吧？"不知为何，今宫有些得意。

张罗几天后，作品都顺利搬了进来，迎来了展览的日子。

作品展的第一天举办了简单的纪念会。会员们其乐融融，由旭先生代表讲话，来夏也忙着准备饮品。店里摆了许多祝贺的花篮，热闹非凡。胶片等消耗品也接连售出，还卖出了几台相机，今宫给狭小的店铺设置展厅看来是做对了。

接待告一段落后，来夏也去展厅欣赏照片。有人用富有质感的黑白胶片以仰视的角度拍摄御神木 [1]；有人把鸬鹚捕鱼拍出了幻想风格；

---

1. 御神木在日本是指古老的树或是巨大的树。——译者注

有人拍了戏水的孙儿、牧场里的牛、傍晚的日本庭院、绚烂开放的整片花田，主题与题材丰富多样。作为退休后的娱乐方式，来夏觉得摄影是个不错的爱好，既能在外面到处走走，也能像这样结识许多人。

"来夏小姐喜欢哪张照片呢？"今宫搭话道。

"这个嘛，感觉都很棒，但我个人觉得这个小女孩挺可爱的。"

这张照片位于顶排的正中央，照片中的小女孩正在玩水。水花划出一道拱门，穿着泳装的她在高举万岁。肚子胖嘟嘟的，可爱极了。这么小的孩子居然也有比基尼呀。

"表情也不错，小朋友真的很可爱呢。"

"旭先生听到会开心的，因为这是他拍的。我会告诉他，来夏小姐认为这是拍得最好的一张。"

来夏突然感觉窗外好像有动静，于是瞄了一眼，发现阿呱又跑到窗户下面来了。

"咦？阿呱又来了。"

"怎么，阿呱也喜欢看作品展吗？"今宫嘟哝着，又把它搬了回去。

不过，如果是有人搬动阿呱，那会是谁呢？来夏想了一下这个问题，打扫的时候却转眼忘记了。

第二天，下午三点，正好是小学生放学回家的时间，来夏从窗户里看到背双肩包的孩子们在外面成群经过。

店门咣啷一响，一名小学男生走了进来。他捂着肚子，脸色苍白，忸忸怩怩的，看上去是高年级的学生。

"你怎么啦？"

"那个、那个，我要上厕所。"

"在这边。"来夏把角落里的洗手间借给了他。其实再走一小段，就有大型药店的客人专用洗手间，来夏也不大愿意把洗手间借给路人，可小学生的表情非常着急，只得让他进去。

过了一会儿，里面发出了砰砰的拍门声。

"姐姐，门打不开，打不开啦。放我出来。"

小学生像要哭起来似的，不停从里面拍打着门。里面依然上着锁。

"你冷静点，没事的，转动钥匙看看。"

"转不动啊。"

哭声变大了。焦急的来夏也试着从外面推，可门纹丝不动。毕竟是老建筑，门锁有可能坏掉了。

"我好怕啊，开门啦。"他在里面哭喊着。

"别慌，我现在去喊开锁的人，马上给你开门。"

话是这么说，可现在今宫在大学里讲课，店里只有来夏一个人。此刻正好到了下课时间，虽然赶紧给他打了电话，但似乎人在路上，并没有接通。于是她翻找电话簿，准备叫开锁匠过来。

"你等一下呀，我立刻叫开锁的师傅过来，别哭了好吗？没事的。"

"开门啦，快点！"

来夏感觉背后有什么动静，便回过头去。

只见另一名小学男生就站在那里，吓得她浑身僵硬。

这名小学生大喊："作战 B！快逃！"

小学生把手里的发烟筒扔到地上的同时，里面已经开始窜烟了。火灾报警器响起。来夏愣住了，而身后的厕所门敞开，从里面冲出来的小学生猛撞了一把她的腰。

"站住！"

来夏跌倒在地板上。额头撞到地面，渗出了眼泪。小学生早已逃之夭夭。烟雾朦胧了视野。她撑在地板上咳得厉害，视野前方有一个紫色物体。定睛一看，阿呱不知为何倒在了店里面。

比起去追小学生，来夏更担心店里的相机。总之先得把窗户打开，她摇摇晃晃地站起身来，咳嗽的同时打开了窗子。

怎么会这样？要是昂贵的相机被偷走可怎么办？要是烟雾对相机和镜头有影响可怎么办？要是内部机械因烟雾而全部废掉了可怎么办？说不定今宫会晕过去的，店铺也不得不关门一阵子，他还可能因为此次打击而卧床不起。负责看店的自己没做好任何防护，该怎么道歉才好，想到这里，来夏的心情一片灰暗。

团子店的老婆婆看到店里升起浓烟，立刻把人叫了过来，店里店外乱成一团。附近和服店的老板搬着梯子赶了过来，帮忙关掉了店里的火灾报警器。

"没事吧？到底发生了什么？"

"也不知道是不是恶作剧，有小学生……"就在来夏边咳嗽边跟围观人群解释时，一辆出租车停在了店门口，今宫慌忙下车。来夏脑子里还没整理好思绪，不知该如何向他道歉。人群分开，让出了一条路。

"今宫先——"

来夏突然就被一把抱住了。自己的脸颊贴着今宫温热的侧脸。

"幸好你没事。听说有强盗来了。要是来夏小姐出了什么事，我……"

隔着今宫的肩膀，来夏看到团子店的老婆婆不住地点头，她慌忙推开今宫的身体。

"那个，我没事的，倒是相机。"

今宫这才回过神来，松开了来夏。不仅是两人，连围观群众也莫名染上了一层害羞的情绪。

正在此时，外边响起了尖锐的叫声，人群又沸腾了起来。

"放开我啦！放开我啦大叔！"

"你说谁是大叔！"这沙哑的声音是卡利普索的阿玲。

只见阿玲正单手拽着什么往门口拖。那是个被她揪住领子的小学生，正是刚才来借洗手间的那个人。

阿玲面无表情地把他整个领子往上提起。她身子的另一侧夹着几本书。

"刚好看到这些家伙开溜，就抓到了一个。不好意思，我以前可是田径部的。不过另一个跑掉了。"说着，她把书捆递给了来夏。

小学生扔的发烟筒依然倒在地板上，今宫把它捡起来。

"还好是避难演练专用的发烟筒，对人体和机器无害。"

仔细一瞧，上面用红字写着"避难演练专用"。

"如果是真正的发烟筒或灭火器，那我都不知道自己现在什么样了。"

或许是感觉到了今宫无言的愤怒，挣扎的小学生瞬间老实了下来。

平日里完全没生过气的今宫这样一声不吭地盯着人看，连来夏都觉得可怕。"最好赶紧叫警察，就算是小孩子的恶作剧，也别惊扰他人啊。"围观人群说着便散开回去了。

大概是觉得来夏对狡猾的小学生没辙，阿玲让他坐下后，就盘起手臂在面前监视他，可谓帮了个大忙。在此期间，今宫核算账簿和出纳机里的余额，确认金钱和相机都没有遭到盗窃，烟雾也没有窜入玻璃柜。阿呱也从地板上被搬了起来。

"似乎未遂呢。"

"老板，赶紧喊警察吧。他们还打算偷我们店呢。不管金额多少也该报警。"

听到"警察"一词，小学生肩膀一颤。被撞到的腰部跟额头还在作痛，再加上又被小学生的演技欺骗，来夏心里闷闷不乐。不管是恶作剧还是其他目的，为何要弄得如此大动干戈。而且，为什么盯上的是相机店？还谎称想借用洗手间，不惜背叛店家的好心。

阿玲砰地拍了一下桌子。

"这种坏小孩，就得让警察抓进监狱里。"

"叔叔阿姨都不知道《少年法》吗？未满十二岁是不会被关进去的。"

阿玲拿起话筒。

"阿玲小姐你做什么？"

"打、打给警察啊。"

"稍等一下吧。"

"为什么？赶紧报案让他们抓走不就得了，这个坏小鬼。我也会告诉你妈妈、学校和朋友的。我还要在网上发帖，搞不好邻居都会知道这件事，你一辈子都会遭人指手画脚。到时候我可不管哟，网络很可怕的。"

"你尽管做啊。那是名誉诽谤，你也有罪。"

阿玲握紧了拳头。

"你打我呗。来呀！不过，打人就算输了，说你虐待儿童就行。请——动——手。"

小学生把头伸了出来，阿玲举起拳头拼命忍耐。

"啊，不见了。"今宫发出惊讶的声音。

顺着今宫的视线，来夏看向展厅的墙壁。顶排的照片忽然少了一张。

照片？

为什么是照片？来夏非常不解。难道因为装饰在墙上，所以他们以为是出自名家之手，能够卖几十万日元？不，这不可能。门口写了摄影俱乐部的名字，谁都知道这是业余人士的作品展。实在不觉得是小学生想要的东西。

来夏努力回忆着。假如是独角仙、老虎、飞机这些男生喜欢的照片，自己倒能理解，可消失的照片好像是旭先生拍的戏水女孩，实在不懂他们为何盯上了这个。如果是单纯的找碴儿或恶作剧，选更容易够到的一排不就好了吗？而且，还周密到准备了发烟筒这种特殊物品。

来夏想起另一名逃走的小学生手里是空的，可能连着相框一同塞进了双肩背包吧。虽然相框有一定厚度，但一个还是能轻松装进去的。

"你的名字、学校、住址？"

阿玲盘着手臂问道。

"拒绝回答。"

他说的每一句话都很狂妄。

"算了，我们会自己调查的。这是你的双肩包吧？我要打开喽。"

"开也是白开。组织的铁则是身上不带暴露身份的东西。"

"另一个逃走的孩子是谁？"

"你认为我会出卖同伴吗？"

阿玲怒上心头，双手砰砰地拍打着桌子。

"够了没有，我真的要喊警察了。"

"快喊啊。"

"我就一直在这里盯着，你回不了家我也不管哦。"

"这叫绑架未成年人，阿姨连这个都不知道吗？"

"什么，你这臭小鬼，有胆再说一遍啊！"阿玲怒吼道。

"我最讨厌相机了！"可少年同样也不甘示弱。

今宫拍拍阿玲的肩膀。

"哎，阿玲小姐也冷静点。"

"怎么冷静得下来嘛！这小鬼咋回事！老板，快点叫警察吧！"

"没事没事。"今宫安慰道，"阿玲小姐，请在展厅的沙发上稍做休息吧，换我上了。"

"能再来一杯吗？"刚给阿玲端了杯凉水，她立刻一饮而尽。

今宫隔着桌子坐在了小学生对面。小学生依然把头别向一边。

"有什么原因吧？"

他还是一声不吭。

"用阿呱当脚凳、连日从窗户进行侦查的就是你们吧？"

今宫淡淡地说着。小学生没有回答。

"既没有动相机，也没有动现金，是因为别有目的吧？"

他仍是一副怄气的表情，不肯看今宫。

"不过，还好你们用的是避难演练的发烟筒。如果是其他的灭火器，就得把相机全部拆开洗干净。虽然你说自己讨厌相机，可叔叔最喜欢的，就是相机了。"

说完今宫沉默了。小学生依然一声不吭。也许是闲得无聊，今宫把旁边的纸张剪成正方形，开始动手制作什么。小学生似乎对默不作声的今宫有点好奇，便盯着他看。今宫做的是纸鹤。

"切，原来是纸鹤啊。"小学生一脸嫌弃的表情。

"叔叔也是靠手巧才活到现在，你要看看修相机师傅的真本事吗？"

说完，今宫把头发扎了起来。他剪了个方糖大小的正方形。用一种类似于针尖的工具，制作的速度和方才折纸鹤一样快。完成的纸鹤大小跟指尖的米粒一样。

"这还只是开始呢。"

说着，今宫拿了张大纸，开始采用更为复杂的折法。难怪他以心灵手巧者而自居，动作迅速，毫不拖泥带水。

"好了，这是喷火的双头龙。拉这里，翅膀还会动呢。"

和来夏一样，阿玲也不知何时凑到旁边观看，仿佛忘记了愤怒。小学生同样也用兴趣盎然的眼神注视着。接着，无齿翼龙、剑龙、霸王龙等恐龙系列被摆放在桌子上，折了两三组几只复杂相连的纸鹤后，小学生也瞪大了眼睛。

"好强，是怎么做出来的？"

"对吧？论手巧我可不会输给大多数人。"今宫静静地说道，"我可以教你怎么折。"

小学生露出笑意，却立刻回过神来，收起了笑容。

"能跟我说说，发生了什么事吗？我想知道原因。要是我不想听你的意见，早就已经报警了。"

今宫缓缓说道。小学生迟疑了一会儿，还是开口了。

"对不起……"

"你是小旭吧？"

今宫的话令小学生屏住了呼吸。

"为什么？你怎么知道？"

来夏也大吃一惊。也就是说，他是旭先生的孙子？

"果然是旭先生的孙子呀。"

小学生缩起了身子。

"什么？熟人的小孩？"

阿玲似乎也很惊讶。

"是安排此次作品展的、摄影俱乐部组织者的孙子。"今宫解释道。

"今宫先生，你怎么知道的呢？"

面对来夏的疑问，今宫思考片刻，开口说道："连续多日踩在阿呱上面侦查、制订计划，做到这个份上，一般偷的都是更值钱的东西吧？但他们没有这样做。如果目标是照片，那就是另一回事儿了。

小学生垂下了脑袋。

"偷照片，是因为理由就在相片中。比如和照片有关系的人。那个女孩是小旭的妹妹吗？"

小学生耷拉着脑袋点点头。

"怎么会？那为什么……"

来夏也喃喃道。

"你看了爷爷的博客吗？"

今宫点点头。

"嗯，时不时会看看。"

"爷爷买了相机好像特别高兴，拍了一堆我妹妹的照片。她现在刚开始说话，才两岁，非常可爱。但是，爷爷把妹妹的名字、居委会的活动、家附近的公园、朋友的名字全都写进了博客里。"

今宫扶着额头一副若有所思的样子，大概有头绪了吧。

"妈妈看到博客后，让爷爷不要再放小孩子的照片了，如果要放，起码在眼睛部位打马赛克。暴露个人信息的东西应该全部删除或涂黑。结果爷爷特别生气，哇哩吧啦地说讨厌这种没教养的媳妇，没学问的女人就是废物。"

来夏也突然注意到了。展厅里照片的标题叫"小彩音两岁戏水照"。她还只是个幼儿，整片露出的肚皮看起来固然可爱，可终归是女孩子的裸体。

最近有很多令人讨厌的事件，身为母亲，会担心诱拐、恶作剧也无可厚非。像这样每天把个人信息通过照片发送给全世界，即使只是单纯的兴趣，也不能完全置之不理。

"妈妈的精神和身体都很虚弱，老担心家门口有奇怪男子经过、回家时被人跟踪、在公园的时候彩音可能被人用手机偷拍了等等，现在人都病倒了。我和哥哥还有爸爸，不管如何请求爷爷，他都坚称这是艺术作品，反而更顽固了。即便想删掉博客的文章，他人也无法登录账号。"

来夏猜逃跑的另一人，可能是这孩子的哥哥。

"这次的作品展，爷爷说要把彩音穿泳装——就跟打赤膊一样的照片拿出来。害得妈妈又病倒了。我都这么求他了……心里一下子就火了。只要照片没了，爷爷对相机的热情或许也会冷却点。我们决定教训爷爷一番。"

今宫默默思考着。

"原来是这么回事啊。"

"无论别人说什么，爷爷都不会听。我们拜托过摄影老师，可还是没用。爷爷越说越顽固。"

来夏想起了旭先生的脸。她也从中感觉到了某种顽固，仿佛自己的决定绝不会动摇。正因为此，他才在店里赖了四天，直到发现自己打心底认可的相机为止。

来夏觉得今宫去劝说估计也没用。对于深信"这就是自己的作品，这就是艺术"的人来说，即使告诉他网络素养，大概也不会听。现在孙女的照片拍得非常棒。也并非不能理解他想在博客上向全世界炫耀的心情。

而且，不熟悉网络的一辈人也许对网络的传播、诽谤、信息飞快的扩散速度没什么实感。留在网上的图片，会永远在网络上飘荡。

要怎样才能说服旭先生呢？今宫似乎也在思考同样的问题，一脸沉思的模样。

"就是说，只要让旭先生关闭博客，或者说，给妹妹拍照可以，但不能发在博客上，这样就行了吧？"

"嗯。这样一来，妈妈的情况应该就能好转。"

四人沉默了半晌。

"对了，小旭，还没问你的名字呢。我叫今宫，这位是阿玲小姐，这位是来夏小姐。"

"我叫旭雄太，哥哥叫健太。"

"那么雄太君，等我成功说服了旭先生，你们能否把那张照片还给他呢？如果不好当面交付，送到我们店里也可以的。"

雄太有点迟疑没有回答。

"我明白大家很担心旭先生做的事情。要是妹妹出了什么事，我也会担心的。所以我会说服旭先生的，让他不再往博客上发布个人信息。"

这能做到吗？来夏有些担心。再怎么说，双方也只是顾客与老板的关系。不喜欢店铺的话，顾客只要再换一家就行了。老板竟敢给顾客提意见，就连摄影老师都没成功说服。

"但这能行吗？"

雄太好像也在想同样的事情，表情僵硬。

"只要诚心诚意地劝说，他应该能理解的。"

即使听到今宫的话，雄太依然沉默不语。

"雄太君，那张照片可是旭先生的作品。你在画画的时候，首先也会考虑用什么样的纸张吧？选粗糙的纸好，还是画布好。与此同理，旭先生从众多胶片中选出了一卷。"

雄太仍旧低着头。

"等确定拍摄对象后，接着是选镜头。就好比是选粗笔一气呵成，还是选细笔细细勾勒一样，成品会因此截然不同。"

雄太还是没有抬头，看起来若有所思。

"然后再决定对焦。是让背景虚化呢，还是让它清楚可见，就跟画画一样需要深思熟虑。"今宫继续说着，"这还不算完。还有快门速度。是把流水拍成一道线，还是捕捉水珠飞溅的瞬间——拍摄的时候也得考虑这些。如此这般，旭先生的照片才算完成。那可是精心构思而成的一部作品。"

"知道了啦……"

"我会说服旭先生的。"

"谢谢你。叔——大哥哥。"

说完，雄太赶紧低了个头，准备回家。今宫在他耳边说了些什么。雄太一瞬间停了下来，表情非常惊奇，但还是轻轻点头回去了。

"你说了什么？"

"没什么。"

被他岔开了。

来夏深深叹了口气，今宫也同样叹了口气。

"阿呱被拿来当脚凳，怪可怜的。"今宫说着便把阿呱搬回了药店。

"今宫先生，你打算怎么说服旭先生呢？他好像相当顽固，不好对付。"

来夏询问回来的今宫。他松开辫子，揉散了头发。

"哎，我现在就开始想。"

"什么？等一下啊老板。你说现在开始？别告诉我你还没有任何想法啊？"

阿玲也满脸诧异，有种不好的预感。

"算是吧。"

"喂，老板！"

"要是我口才好到能说服他人，那这家今宫相机店早就在全国各地增设分店，赚得盆满钵满了。"

如此阴郁的语气叫人无言以对。说得也有道理。

"我觉得现在叫警察也可以的……"说完，阿玲回去了自己店铺。

来夏也想了想，可怎么也想不出好主意。她用指尖拨弄着刚才折纸的纸屑。恐龙那些都让雄太带回去作纪念了。

"话说回来，刚才的折纸是？"

"哦，学生时代做打光实践的时候要拍静物，我觉得折纸应该能营造出有趣的阴影，便试了试，结果沉迷了一段时间。正所谓凡事都要尝试呢。"

他边说边折了只立体相机，是标准的单反形状，非常精巧。

"那块空白的地方要怎么办呢？"

来夏用眼神示意展厅部分。只有最上排的正中央是空的，格外显眼。

"就算是顾客的孙子偷走的，只要作品在展览期间失踪，就得追究展厅的管理责任，而且家庭内部也可能闹矛盾，得在旭先生发现前立刻采取措施。"

"没有底片吗？不能用底片进行复制吗？"

"很可惜，那张照片不是在我们这儿冲洗的，是在其他专业冲洗店冲洗的。"

"博客的名字是什么来着？我可以借用一下电脑吗？"

亲眼看看，也许能发现什么说服旭先生的线索。

"好像叫东京日常摄影日记——纸气球吧。"

搜索时，这个博客出现在了最前面。一天的平均访问人数过百，似乎人气还不错。来夏打开关键的"日常写真馆"的页面，不禁咋舌。

"小彩音两岁生日快乐。"这下知道了小彩音的出生年月日。"小彩音从爷爷那里收到的第一份零花钱。"放大来看，能清楚看到贴在电线杆上的住址。"散步的小彩音，刚才回家了！"简直向全世界敞开了自家大门。门牌拍得清晰可见，连家人的全名也一清二楚，来夏发出了一阵干笑。

这个情况，难怪小女孩的母亲会病倒，来夏也觉得同情。旭先生真的跟写日记一样每天疯狂拍摄孙女，在某种意义上也叫人敬佩。

既有"小彩音去泳池"的泳装照，也有"小彩音衣服换得好"等照片，每一张都拍得很出色，充分展现了孙女小彩音的可爱之处，但这反而是件麻烦事。如今知道了隐情，自己实在无法心平气和地欣赏。评论栏里也满是摄影同好的评论，纷纷称赞孙女的可爱及旭先生的摄影技术。

"这……难怪母亲会生病呢。"

"嗯，就是说啊。"

"才看几页，我就对解小彩音了如指掌了。比如几点到几点，她大概在哪个公园玩什么玩具。甚至知道她讨厌的食物是南瓜。"

"我也知道小彩音喜欢的食物是哈密瓜，第二喜欢的是鲣鱼干饭。"

电话铃响起，今宫拿起了话筒。"啊，旭先生。承蒙您的关照。"来夏一动不动，密切关注着他的表情。

"好的，嗯……明天傍晚是吧。知道了，那段时间我会待在店里的。"他说道。今宫的声音和平时没什么两样，可是手扶着额头，眼睛眨得飞快。看来旭先生明天会来店里一趟。

一挂断电话，今宫就趴在了柜台上，卷发乱蓬蓬地弯曲着。

"旭先生的摄影老师说一定要看看前弟子的作品，所以明天傍晚他要亲自来做向导。"

"那在此之前必须想办法处理博客的事情呀。你打算怎么说服旭先生？做得到吗？时间也只剩今晚了吧。"

"只能硬着头皮上了啊……"

今宫思考着。不知是否在逃避现实，他一会儿举起折纸相机，一会儿捣鼓电脑。

这天夜里，来夏辗转难眠。不管如何劝说，感觉对方都会以一句"这就是艺术"来终结一切话题。到了深夜还是睡不着，于是她又搜索起博客，想找找能说服旭先生的材料，却发现日记版块变成了"目前维护中"的状态。

来夏纳闷地重搜了一次。依然是目前维护中。说不定是今宫顺利说服了旭先生——抱着小小的期待，她终于进入梦乡。

雨后的谷中天朗气清。

路过团子店时，老婆婆一脸笑眯眯的。来夏警惕起来，心想她肯定会讲起之前的事情。

"真好呀！我都大吃一惊呢。三十四年来，头一次看到那孩子把相机以外的事物放在了首位。"

来夏瞬间想起今宫厚实的胸膛、瘦削的手臂、脸颊相触的温热，脸一下子热了起来。

"没有啦。听说有强盗，今宫先生只是惊慌失措了而已，不是您……"

当时，其实打心底松了口气，差点要哭起来——来夏在警惕那个懦弱的自己。她拍拍脸颊，等冷却下来后再走进店里，只见今宫一脸欢快。

"昨晚说服成功了。成年人只要坦诚交流，还是能相互理解的呀。"

他露出若无其事的表情。

"咦，今宫先生怎么说服的？"

来夏觉得很意外。今宫虽然手艺高明，但怎么看都不像擅长说服他人的人。

"哎呀，你看。我就跟他讲道理，说网上有很多危险因素之类的。"

"比如什么样的危险因素？"

来夏试着深入询问。

"昨天闹了那么一场，可能有许多肉眼看不见的污渍，快去擦擦吧，我也来帮忙打扫地板。"今宫拿来了拖把和抹布。

店门咣啷响起，来夏往那边一看，只见并排站着两个小学男生。是健太和雄太两兄弟。

"这个给你，大姐姐。昨天撞了你，对不起。"雄太递来了粗点心什锦。昨天那么可恶，这么一看，还是有可爱之处的。"请帮我交给另一位姐姐。"他把阿玲的份也给了来夏。

"给，我们把照片带来了。"哥哥健太从双肩包里取出相框，"对不起。"他老老实实地低下了头。

"多亏了你们，爷爷好像在重新考虑往博客上发彩音信息的事情。他说自己真的会注意的。跟妈妈也道歉了许多次。"

真的用一晚上说服了旭先生，来夏瞥了一眼接过相框的今宫，心里对他又一次刮目相看。

"这也得感谢萝莉控哥哥。"雄太说。

"等一下，我又不是萝莉控。"

"幸好大哥哥是萝莉控。"健太也说。

"没有，我不是，你们等一下。"

兄弟俩在哧哧坏笑。

"话说萝莉控是怎么回事？"

"大哥哥在爷爷的博客里留言了。"

"写了什么呀？"

"已经没了，都删除了。都没了，找也没用。"

第一次看到今宫如此慌张的样子。

"啊，我截图了。要看吗？"

健太把手机递给来夏看。她不觉感叹最近的小朋友好像很厉害。她一边推开今宫的手，一边看评论栏。

小彩音太可爱了——我把照片印了五百三十张，贴在了房间里，天花板上也有。不管往哪里看，都能和小彩音对视——我还买了硬盘用来保存所有照片。抱着硬盘，每天睡觉好温暖。我准备把这张小彩音的照片做成实物大小的抱枕，正面印泳装，背面印连衣裙。

仔细一看，还发了图片。大概是用修图软件弄的，以今宫二楼房间的图片为原型进行的加工，小彩音的照片似乎贴满了房间。今宫靠自己无处发挥的超绝技巧，做出了一张无比逼真、完成度极高的彩音单身男粉丝的房间图。

"为什么连来夏小姐都是这种表情？"

今宫正好把小彩音的照片抱在胸前，看起来很宝贝似的，总而言之，一下子增添了不少真实感。

"那个，能别看着我吗？"

"不对，为什么连来夏小姐也……这是我智慧的结晶啊！"

小学生们笑着跑了出去。

"喂，等一下，什么嘛！"

在今宫手中的照片上，小彩音笑得天真无邪。

尼康 F

＊第六章＊

恋爱双子的立体相机

从日暮里站的南出口出来后，来夏穿过谷中陵园走向店铺。正值银杏时节，地面金黄一片。突然看到一只猫咪，大概饱受宠爱，圆滚滚的身子上戴着红色的项圈。走下三崎坂的时候，能看到大圆寺美丽的银杏大树。和果子店的屋檐下，蜜豆凉粉的鲜艳彩旗在秋空中翻腾飞舞。来夏犹豫要不要以慰问品为由买上一点，其实只是自己想吃而已。

　　去今宫相机店的途中，她的目光停留在插在容器里的五彩切花上，自然放慢了脚步。叶片长有花纹的罕见芦荟也插在优雅的花瓶里，生机勃勃地舒展着叶片。

　　店门口有个幼儿园年纪的小女孩在撒娇，坚持要自己拿买好的花束。但宝贵的花束可能会擦到地面，花瓣也可能被甩掉。她把花束举在胸前，表情仿佛在说"别拿我当孩子"。虽然对不住一脸困扰的母亲，来夏还是觉得小女孩真可爱，不觉莞尔一笑。

　　别拿我当孩子。

　　来夏的一部分记忆突然打开了盖子。伴随着淡淡的 Antaeus[1] 香

---

1. 香奈儿专为男士推出的一款香水。——译者注

152

水味。

——来夏——

——别总拿我当孩子。我已经不是小孩子了——

"嗨，来夏现在去打工吗？"

这声叫唤令她回过神来。她担心自己的表情是不是有些恍惚。老板矢敷笑得油腻腻的，不断向这边靠近，来夏便露出亲切的笑容往后退了半步。这家店叫"花与美酒立饮店·毛豆屋"，招牌就算看上三遍，也弄不清店铺的概念，总之是家吊人胃口的花店兼立饮[1]店。尽管怀疑鲜花跟立饮是否合得来，但好像还挺受待见，上下班时里面总有客人在。继承花店的第二代老板矢敷，似乎开辟了一条新道路。

取这个店名并不是因为卖了毛豆，纯粹是出于老板的喜好。

"来夏呀，和那个怪人共事还好吗？没事吧？"

矢敷压低了声音，来夏顿时慌张起来。

"咦，呃。没事……"

矢敷与今宫是同年级学生，生来便是谷中的孩子。

"那家伙从懂事起就满嘴相机相机的，说什么相机比女生好，没说过一句轻佻话。总感觉作为男人，作为一个物种，他好像有什么毛病。"

来夏只能回以苦笑。

---

1. 立饮是日语"立ち飲み"的直译，指站着喝酒的意思。立饮店因价格便宜以及速度快等特点，在日本很常见。——译者注

"说到谷中的花花公子，那可正是相机店的今宫先生——也就是他老爹，走到哪里都受人欢迎，为什么儿子成了那个样子呢？"

"哦，这样啊。"

来夏尽量面不改色地附和着他。

"不过，他也有过风流往事，都是从前了。"

"欸？"正在来夏有些吃惊时，背后就传来绯闻主角的声音——"你们在聊什么？好像很有意思。"她慌忙回过头去。

"咱们走吧。别被矢敷灌输奇怪的东西了。"

"有什么不好，我说的都是大实话。"

"说到大实话，上周五晚上，你和某位莺莺燕燕——啊，是有子小姐，喂！"

矢敷的态度突然恭敬起来。看着蹑步而来的有子，来夏每次都觉得她是位充满气场的太太。

"不许说啊，你不许说啊。"矢敷在一旁小声嘟囔着。今宫没有理他直接走掉了，来夏也赶紧跟在后面。

"你听到了什么？"今宫走在前面问道。

"咦？没什么。"

"真的？"

"算是吧。"

"真是的。"今宫喃喃着，继续前行。

　　刚到店里，他便把购物袋拎上了二楼。袋子里装着生姜和青花鱼块。可能今晚准备做青花鱼味噌煮。

　　来夏望着玻璃柜，确认自己转让的相机是否还在上面。柜子上整齐地排列着相机，并标有各自的价格，其中有的标价旁边写着"代售品"的字样。

　　"我一直挺好奇的，这个代售品是什么意思？"来夏问从楼上下来的今宫。

　　"是客人寄放在我们这里的相机。"

　　来夏感觉很神奇。

　　"这里卖客人寄放的物品吗？"

　　"卖掉后钱归客人，而店家会从中抽取百分之几的提成，简而言之，就是出租摆一台相机的位置，售价由客人决定。"

　　来夏点了点头。

　　"说曹操曹操到，我就知道他们差不多过来了。"今宫看着店外说道。

　　两名男性客人结伴而来实属罕见。不过，同色西装配同款发型就更加稀奇了。甚至连挂在身上的相机也是一样。

　　客人是对同卵双胞胎。

　　"真的添新人了啊。"

　　"白天是来对了。"

　　"我是在这儿打工的。"来夏向二人打招呼。

双胞胎兄弟分别叫小林省吾和小林玲二。两个月的代售期已结束，他们是来决定究竟是收回相机、降价还是改成自己买下。

最终他们选择降价，延长两个月的代售时间，支付手续费后事情算告一段落。

来夏被小林兄弟成对的相机吸引了目光。那的确是相机，但长方形的机体上有两只横向而列的镜头，想想就觉得奇怪。也许是看到了她好奇的表情，"这个知道吗？是立体相机。"对方说道。来夏仍然疑惑不解。

"那给你出个问题，这台相机如何成像？"

"我们习惯对初次见面的人出题。"

"就像二格漫画一样，依次拍下不同时刻的照片吗？"来夏思忖片刻后说道。

"不对哦——""可惜猜错了。""这台相机的成像不是平面的，而是立体的。"小林兄弟接连说道。

"立体吗？"

或许从来夏的语气中感觉到了怀疑，省吾掏出迷你相册。

"那给你看看吧。"

照片就贴在迷你相册里面，可在来夏看来，只是两张完全相同的照片贴在一起而已。

"你没有做过吗？把这样的照片贴近双眼，移开视觉焦点，正中央便会出现一张照片。还有在箱子里安装了镜片的专用观看器，但即使没有它，也有诀窍可以看到。"

"啊，那个呀。我试过的。"

来夏点点头。她在书店见过那种宣称能改善视力的书。为了把两张照片看成三张，又是得斜着看又是得移开视觉焦点。把相册挪远挪近，等到了合适的位置时，来夏发出了惊异的声音。

照片上是泰姬陵，看起来确实有立体感。

"真的好像浮出来了呢。"

"旅行时用这台相机拍照，回来了看也非常有意思。"

来夏掌握了窍门，也试着看其他的照片。无论是水果、人物还是风景，仿佛都浮现在眼前。

"太有趣了。好像自己缩小了，真的去到那个地方欣赏风景一样。"来夏大声说道。

"小林先生专门收藏这类立体相机。"今宫说。

"总感觉吧，一样东西要成双成对的心里才莫名踏实。"

"对吧？"两人一同点头。

"要摸摸看吗？这种型号叫 Stereo Graphic[1]。"玲二把相机递来，来夏紧张地接过。

"因为有两只镜头，这样拿着一看，感觉看起来像人脸似的，有点可爱。"

1.　Stereo Graphic 指的是美国格拉菲（Graflex）公司生产的一款立体机。——译者注

"对对。有两只镜头正是它的特色。"

来夏把相机还给玲二，他指着并排而列的两只镜头。

"动物的眼睛都是横着长，完全没见过竖着长的吧？"

来夏试图找出眼睛纵向生长的动物，可就是想不起来。

"嗯，确实没错。"

"究其原因，是因为大脑是通过左右眼的视差来计算纵深的。所以，遮上眼罩的话就没法准确把握距离了。"

省吾来回指着相册和相机镜头。

"左镜头拍出的是左图，右镜头则是右图。虽然好像同一张照片，但应该能看出左右有点偏移吧？这正是左右镜头的位置距离。观看者只要刻意转移视觉焦点，大脑便会以为这是立体的图片。"

"真的有点偏移。"

来夏做着对比。

"立体相机的原理便是利用了这一点。因此两只镜头的距离就跟人眼的间距一样。最近的3D电影同样利用此原理，令画面有了纵深感，它还被应用在防止车辆过近的自动刹车系统中。"玲二继续说道，"人类的眼睛很有意思，假如这组照片的其中一张有瑕疵或污渍，当把它们看成立体图时，大脑会自动消除那些东西。"

来夏有些吃惊。

"立体相机如此好玩，但与国外相比，它在日本居然没什么人气。我都奇怪为啥没能流行起来，明明诗人萩原朔太郎也用它拍过照。"

"我也是第一次见到，很有趣呢。"

今宫也点点头。

"不过，立体相机原本是为军事用途而开发的。"

"军事用途……"今宫的话语令来夏感到意外。

"想准确把握地形的时候，或者想看破伪装的时候，这种立体视觉便能起到作用。我在什么地方读到过，现在 NASA 的探测器也用到了这一原理。"

来夏观察着玲二手中的立体相机。

"啊，对了，我有点事情想问今宫先生。假如我有一张照片，你能锁定其中的地点、人物和年代吗？"

"锁定？"今宫手抵着下颚陷入思考，"得视线索而定。怎么了吗？"

省吾和玲二相视点头。

"有张图片想给你瞧瞧。已经印出来了，能帮忙看一下吗？"

省吾拿出了一张纸，上面并排印刷着两张黑白照片，准确来说是一组照片。左图和右图中，都站着一名黑色直发修剪至下颚的女人，身着黑色连衣裙，摆着相同的姿势。背景里种着类似芦荟的植物，好像在室外。除开冷冰冰的砌块，再没有任何信息了。影子长度相同，往一个方向倾斜拉长。光线很强，女模特的眼睛微微眯起，也许时间临近夏季。

"这张照片被上传到了立体照片爱好者的网站上。"

"好漂亮呀。"

照片中的女人笑得温柔无比，来夏都不禁这样感叹道。

"一眼看上去像立体照片吧？但你仔细看看。两张图虽然十分相似，但身后的植物不同，鼻子的形状也略有差异，左边照片里的人，眼角有颗痣。所以严格来说，这并非立体照片。"

来夏细细观察了一下，的确左边的人眼角有泪痣。植物的形状也略有不同。也就是说，它不是用两只镜头拍下同一物体的立体照片。如此一来……

"我们想到了。这两位女模特跟我们一样也是双胞胎。"

确实是相同的面容、相同的衣服、相同的发型。

"在立体相机不算普及的日本，还有和我们一样的双胞胎对立体照片感兴趣。不觉得这就是命运吗？"

原来如此，这下理解了。总之这对双胞胎想见到这两个女人，来夏在心里扑哧一笑。

"询问在网站上发帖的人最为方便，你们当然已经试过了吧？"今宫说着打开了电脑。

"已经给网站的管理员发了邮件，可发帖人似乎不仅限于会员，任何路人都能发帖。我们也在论坛上留言，希望知道这张照片的发布者，可对方好像真的只是个路人，即使查发帖 IP，可那个人也没再发过帖了，简直是石沉大海。可能是从哪儿搜刮来的图片吧，没有一点信息。"

"那不是没办法了吗？"

今宫盘起手臂。

"别这么说嘛。对了，来夏小姐能用女性的眼光从服装、发型、妆容的风格中看出什么吗？"

来夏仔细观察这张图片。发型是复古款式，也算不上流行，二人的妆容都很清淡，再加上是黑白照片，实在难以看出色彩。指甲修剪得整整齐齐也没有涂任何颜色，右手则放在腹部。

刚想着手上有没有戴戒指，却发现左手偏偏在阴影处，也无从知道她们是否已婚。

如果自己在服装方面略懂潮流，说不定能明白些什么，简洁的黑色直筒连衣裙上，唯独裙摆点缀着低调的褶边，鞋子是平底凉鞋。光滑的肌肤质地估摸在二十五岁左右。

"唔，只看出年纪在二十五前后……不好意思。"

"这样吗，果然不行啊。被命运拆散的两对双胞胎。啊啊！"

"好想见见啊。每天看着照片，她们甚至出现在了我梦里。""我也是我也是。"两人深深叹了口气。

"我又不想在大型论坛上发帖求个人信息。既有个人隐私的缘故，也因为一旦把照片晒出来，就感觉她们会被其他男人给玷污。"

来夏也想帮他们找找，但是靠这些信息根本无从下手。

"不过，这两张照片是出于什么目的拍摄的呢？应该不是正常的胶片比例吧。像是打印出来后，特意裁剪成了这个大小。它被上传到立体照片爱好者的网站上，乍看之下也很像立体照片，但长宽尺寸的比例与立体相机的规格相去甚远。立体相机好像有三种规格对吧？"今宫开口说道。

"就是说啊。"玲二说道，"这个比例很奇怪。和 24mm×23mm 的常规尺寸及立体相机的默认尺寸完全不同。拍摄者也许没打算严格模仿立体照片……搞不懂。"

"今宫先生认为这是胶片还是数码呢？"

"这个嘛，毕竟隔着屏幕，且光线很强，有些泛白的部分，所以我无法断言，但就印象来说，更接近胶片吧。二者成像相似，应该是同一只镜头、同一台相机、同一款胶片。而且从影子来看，极有可能是同日同时刻拍摄的。不过——"

今宫歪着头。

"我不擅长拍人像，所以没什么可说的，但是就背景的布置和姿势的摆法来看，不像专业人士呢。像是家人拍摄的纪念照片，又或者是有意拍成这种风格。总之，构图有点奇怪。"

这么一说，来夏也感觉有些奇怪，仿佛把大照片裁了一部分下来似的。与照片的尺寸对比，人物好像显得太小了。因此，看起来也像跟不明植物的合影。可能也有远近感的关系，但那棵植物即使单独拎出来看也很大。高度大概超过了成年人的腰部，跟芦荟妖怪一样。左图中的植物没有茎。但是，右图植株的茎向上生长，被照片边缘给截断了，突然中断的感觉也有点违和。

"今宫先生，如果你能锁定信息……"

"我们就把藏品里的那款相机便宜让给你。"

听到玲二和省吾的话，今宫的眼神突然认真了起来。

"Rolleidoscop？"

"没错，就是那台 Rolleidoscop。"

仿佛亲眼见到了喜爱多年的女明星似的，看着今宫一副欢欣雀跃的样子，来夏惊呆了。

"那个 Rolleidoscop 是什么呀？和禄莱有关系吗？"

听到来夏的话，玲二点了点头。她也知道，禄来双反相机在赶时髦的学生中相当畅销。那是一款箱型的古典式相机，两只镜头纵向排列。

"Rolleidoscop 是台有三只镜头横向排列的立体相机。以这款 Rolleidoscop 为基础，竖过来去掉一只镜头便是禄来双反相机了。因此 Rolleidoscop 历史悠久，不仅是禄来双反，也是所有双反相机的原型。"今宫小声补充道，"我特别想要。"

今宫像在寻求来夏的同意般点了下头，可来夏只是疑惑地望着天花板。

"所以，如果你能一起找这两个女人，那就是帮大忙了。有消息可以随时联系我们。如果有什么要花钱的地方，尽管开口就是。"

留下这番话后，小林兄弟便回去了。

"状态那么好的 Rolleidoscop 真的很稀有，好像要啊。真想要。"

来夏侧眼看着嘀嘀咕咕的今宫，开始洗东西。

从那日起，今宫每天都热心地盯着照片看，或是细细浏览上传了这张照片的网页。头发看起来也比以前更邋遢了。

"今宫先生不把头发扎起来吗？"

"没事儿，太麻烦了。干活的时候绑着就行。"他打了个呵欠。

"知道什么了吗？"

"完全不知道。"

"我觉得绝对找不到的。不如死了这条心吧？"

"新发现的是这张照片有点偏梯形。尽管只有零点几毫米，表面上不容易看出来。"

"怎么是梯形呢？"

"这张图片，大概是从倾斜的角度拍下了两个女人的照片。长方形斜着拍的时候，会变成梯形吧？然后用图像软件把梯形调整成长方形，上传网络——这样的可能性很高。"

"从正面拍就好了呀，为什么特意斜着拍。"

"也许有什么无法正面拍摄的原因。一般的相框上都嵌有亚克力板或玻璃板吧？如果从正面去拍，会把反光或自己的倒影拍进去。所以，这个人才以四十五度角进行拍摄，事后再用图像软件修正。其实这种方法不太高明，应该把亚克力板那些给摘下来了再拍，或者从两个方向进行打光，摄影者也可以用黑布罩住自己，只露出镜头。"

"也就是说，有两个女人的相框被挂在某处，而外行人斜着拍下了这两只相框，调整后再上传网络？"

来夏觉得有点不自然。若要把自己拍的宝贝照片上传网络，会选择这种容易出现偏差的方法吗？直接扫描照片会更简单，这一点应该很容易想到。

"啊，我还知道了这身衣服是手工制作的。我在商店街向专卖服饰的人打听过，对方说可能不是现成品。但可以知道，这两人穿着同一件衣服。"

"一看就是同一件衣服呀。"

"不。同一件衣服，指的是两个人穿一件衣服，你瞧这里，右边照片的裙摆有一小部分绷得很紧吧，而左边也是一样。"

的确，裙摆的部分褶皱形状一模一样。

"这是怎么回事？"

"不明白。"

来夏也很不解。首先，给双胞胎姐姐拍了一张照片。然后她立刻把衣服脱下，换给双胞胎妹妹。妹妹再穿上它……

"为什么要这么做呢？只有一件衣服，为什么非得穿着它拍照？"

而且，这也不过是件普普通通、随处可见的连衣裙。看起来并不贵。

"那关于这棵长得像芦荟的植物呢？"

"植物啊……我认为这组照片的主题和植物毫无关系。因为造型和构图都尽量做到了相仿，唯独植物明显不同。右图的茎伸得很长，左图却没有茎，状态稚嫩。"

来夏总觉得哪里不对劲。不知为何，她感觉植物上有什么关键线索。

"可是等一下，为什么拍摄的时候，不在同一棵植物前面拍呢？那样的话，看起来更像完美的立体照片呀。"

自己似乎在哪儿见过类似的植物……来夏左思右想之时，想起了矢敷店门口的芦荟。虽然大小和种类不同，但感觉上很相似。

"我去问点事情。"

来夏站起身来。

"问谁呀？"

"毛豆屋的矢敷先生。"

今宫慌忙制止。

"我觉得问也是白问。他那么肤浅的人，店名里有'毛豆屋'，不过是因为他爱吃毛豆而已。"

"你不想要 Rolleidoscop 了吗？"

"这个……说的也是。"今宫不开心地说，"他八成不知道，要是真说不知道，你大可骂他是'没用的毛豆混蛋'。啊，骂他可能还会高兴，请你带着冷漠的眼神直接回来就好，一句话也别说。"

今宫说着些无理取闹的话，来夏只得连连答应，走出了店铺。

"花与美酒立饮店·毛豆屋"门庭若市。矢敷这边忙着跟卖供花的老婆婆聊天，那边忙着往桌子上端烤肠和贝类罐头，顺便再和别人闲聊几句，忙得不可开交。来夏不由得想到，如果今宫相机店也卖点蔬菜、大米的话，或许会有更多客人上门。

她找准时机向矢敷搭话。

"我有点东西想让您看看，请问有时间吗？"

"来夏的请求当然没问题啦，啥事啥事？"

"这个长得像芦荟的植物，是芦荟的同类吗？"

来夏指着照片。

"这女孩好可爱，要介绍给我吗？"

"不是，都不知道她是谁呢。"

听完事情来由之后，他似乎失去了大半兴趣。

"那你要问什么事？关于背景中的植物？这个啊……"

半晌过去。

"是龙舌兰，金边龙舌兰。汉字是龙舌二字加个兰，但和兰花相差很远，属于多肉植物。"

"难道是什么天然纪念物？是那种比较罕见的植物吗？"

"倒不是。我们店就有，不过种类有点不同。我们卖的时候就叫龙舌兰，六百九十日元，来夏要买点回去当室内装饰吗？"

矢敷指着店铺角落里的花盆。那只花盆有些眼熟。来夏先前以为是芦荟，看样子是其他种类。利落生长的棘刺与硬质叶片格外美丽。

"虽然也要看具体种类，但只要种在地里，就能像那张照片一样长得硕大无比，因此需要注意。连着花盆种在地面即可。"

"这样子啊，谢谢您。"

本以为能有所收获，可果然没什么线索。

"啊，等一下。我再看看那张照片。"

矢敷拿着照片，指着照片中被截断的部分。

"这个是花梗吧？"

"花梗？花梗是什么？"

"就是结有花朵的茎。"

说着，他搬出了另一钵花。这是来夏也很熟悉的一种芦荟。芦荟的茎部向上长出了一根如纤细长茎的东西。

"看，现在这盆芦荟上也有吧？花梗就像这样向上生长开花。"

"原来如此……"

"龙舌兰也被称为'世纪植物'。为什么会这样叫呢？因为五十年才开一次花。"

"五十年一次吗？"

"没错，不过按日本的气候，时间会短一些，也有三十年左右开一次的。开完花便枯萎，旁边会萌生新的子株，母株则直接枯死。开花本身很稀奇，形状也挺独特的，所以开花的时候经常登上地方新闻。"

听到这里，来夏恍然大悟。

"谢谢您！"她急忙赶回去。

"咦，什么，突然咋了？"身后传来矢敷的声音。

来夏哐啷一声猛地推门而入，今宫惊讶地抬起了头。

"今宫先生，这下说不定能找到了。"

来夏用电脑，今宫用手机，分头搜索龙舌兰开花的全部新闻，看能否找到背景相似的。

出来的图片令来夏有些吃惊。当时听到开花，脑海里浮现的，是如百合般楚楚可怜的花朵，可搜索到的图片，每一张都是叶片中窜起五米左右的长茎，如松树般威风凛凛。花朵本身也充满活力，仿佛把松树的绿叶部分替换成了密集的黄色花朵。原来如此，如果登上新闻，无疑具备视觉上的冲击力。

来夏猜测——那对双胞胎是以这种稀奇的花朵为背景拍摄纪念照。如此一来，就找到了为何要拍这组照片的原因。但想到这里，她发现一处不自然的地方。

为什么要把开花的部分裁掉。假如要当纪念照，都难得拍到了五十年一遇的珍稀花朵，何不留下来好好欣赏呢？为什么双胞胎中的一人在开花的植株前，另一人在没有花的植株前呢？这也令来夏感到疑惑。既然两人都换衣服拍照了，明明可以稍微挪动一下到花株前拍照的。

来夏向今宫提出了自己的疑问。

"我也很奇怪，这组照片果然有哪里不对劲。"说完，今宫又转向了电脑屏幕。有客人上门时便接待一下，其他时间两人都默默地埋头搜索。

疲劳的时候一闭上双眼，白色的光粒便在眼皮内侧聚聚散散。突然抬起头来，发现今宫也在眨眼睛。周边在逐渐变暗。

"我跟认识的摄影俱乐部、摄影沙龙打了招呼，他们在帮我问有没有人拍了龙舌兰花。"

来夏感觉很不可思议。

"有相机的话，果然谁都想把稀奇的东西记录下来，这算是人之常情吧。我觉得肯定有摄影爱好者拍了下来。所以，我给照片上的女性的脸打了马赛克，用邮件发给各俱乐部的组织者，询问有没有人知道这张图上的龙舌兰，能否提供情报。"

今宫看着外面。来夏也循着他的视线望去，天已经完全黑了。

今宫站起身来，准备打开外面的电灯泡。

"来夏小姐可以下班了。"

这时，电脑响起轻快的声音，似乎收到了邮件。

今宫刚打开邮件，便招手让来夏过来。

"怎么了，收到什么消息了吗？"

"好像有张照片拍到了同一株龙舌兰。"

来夏看着那张照片，深吸了一口气。邮件发来的这张，距离比双胞胎的黑白照更往后一些，且不是黑白而是彩色。背景和双胞胎的黑白照一模一样，是面砌块墙壁，龙舌兰的花梗、叶片形状也几乎相同。

在这张照片中，宽广的空地上伫立着一棵龙舌兰，粗茎高高地伸向蓝天，可以清楚看到密集绽放的黄色花朵。

"我看看，照片的标题是'摄于咖啡店后院的开花龙舌兰'。肯定就是了。"

"太好了！这下我帮大忙了吧。"

"都是你的功劳，我请你吃些什么吧。"

刚一说完，今宫的语调瞬间急转直下。

"啊，但这个……是二十一年前的照片。"

今宫立刻把小林兄弟叫了过来，来夏也决定在这里等他们。

"咦？"看着彩色照片，今宫发出了声音，"为什么空地上只有一棵呢？双胞胎身后一人一棵植物呀，这就有些奇怪了。"

来夏也发现了这点。照片中，宽阔的空地上只有一棵龙舌兰。另一棵没有花梗的去哪儿了呢？

"会不会另一张摄于花朵完全枯萎后呢？"

"若是那样，影子的方向应该会稍有不同。可二者完全一致，包括长度。"

"那转移到别的位置……不对，背景中的砌块墙长得一样，两棵植株也都是这个位置吧？那么，姐姐拍完一张照片后，妹妹把花剪掉再拍了第二张？"

"这花都罕见到可以上新闻了耶！"

事情越讲越麻烦。就在二人冥思苦想时，小林兄弟快步走了进来。

"真的找到了吗？"

"我可相信今宫先生了！"

该把真相告诉欢天喜地的两人了。

"二十一年前啊……假设当年她们二十五岁，现在就是四十六岁左右。"

小林兄弟失望地垂下了肩膀，来夏看着都觉得可怜。

"不，我们也三十四了。大十岁也不是不行，她们如今肯定也是美丽的熟女！""没错，上了年纪也一定美丽！"二人大声说道，吁了口气。

"那要怎么办呢？直接去这家咖啡店吗？好像是静冈县某咖啡店的后院。开车走高速的话，大约三小时，没办法当天来回呢。如果突然打电话过去，对方也许会觉得可疑而不愿跟我们说太多，所以我觉得直接去更好。"

玲二看着店里的日历，发出了"啊"的一声。

"对哦，今宫先生。明天是第三个星期一，后天是星期二吧？"

"店铺会连休吧？如果方便的话，可以跟我们一起去吗？来夏小姐也一起呀。我们来开车。找得那么努力，应该很想亲眼看看真相吧？而且有个女生同行，感觉不易被怀疑。"

"我可以一起去的。"来夏觉得很有趣，于是点头道。

"知道了。我会去的。"旁边的今宫也说道。

集合地点在相机店的门口。次日清晨，开车来接两人的小林兄弟，选择了比平日质量优质一点的衬衫和颜色不同的夹克，从穿着上便能感觉到他们的干劲。今宫还没出来，来夏便拿出店铺的备用钥匙，才说了句"从一楼叫看看吧"，他就刚好现身了。不知头发是不是睡变形了，仿佛被突如其来的暴风从右面吹过似的。整个人看来起床气很重。

"今宫先生睡觉的时候是朝右的吧。"

"你怎么知道？"说话的声音比平时迷糊多了，他理顺头发，低头说道，"小林先生早上好。"

车内宽敞又舒服。今宫与来夏在后座拉开了微妙的距离。

车子以舒适的速度行驶在高速公路上，半路上喝喝茶、稍做小憩，最后于两点左右，错开午餐高峰的时间点抵达目的地。

"我们到啦。"车子驶入停车场是在两点刚过不久的时候。停车场内几乎没有车辆。

这家三角屋顶的咖啡店和从前别无二致，店名叫"山彦"。

工作日的下午两点是个无法把握客人数量的时间段，但来夏等人计划先以普通客人的身份进店，去确认一下后院。如果照片中的地点无误，就拿出照片，问店员是否认识这两个女人。

走进店中，貌似从午餐时间段留下来的客人正在各自看报，放松自我。一阵淡淡的咖啡香味飘过。内部装潢老旧而令人怀念，装在银盘子里的拿破仑蛋糕一定很适合这里。来夏一行人走到了能看见后院的最里面的位置。

后院正是那张早已看腻的照片中的院子。完全没有其他植物，唯独一棵龙舌兰以砌块墙为背景，在正中央向四方伸展夹杂着灰色的绿叶。亲眼看到后，它的硕大与魄力简直超出想象，就像雕塑一样。光是一片叶子，几乎就有来夏的头顶到脚趾尖那么长。这个大小确实足以被称为龙舌。

貌似老板的男子过来点单，大家准备在点单的时候打听龙舌兰的事情。

打听消息这种事由来夏负责。

"不好意思，问件有点奇怪的事情，那棵龙舌兰二十多年前开花时，有上过新闻吗？"

"哦哦。"貌似老板的男子表情松弛了下来，"上过呀，花开得特别鲜艳，电视台、广播台、报社都来了。还来了许多客人。"

他怀念地望着外面的龙舌兰。

"那请问，您知道这张照片里的人吗？这是网上的照片。"

来夏不失时机地继续说道。

老板的目光落在照片上，深深地点了点头，对厨房喊道："喂——

佳乃。"

"来了。"声音响起，走出了一名穿着围裙的女性，来夏瞠目结舌。

容貌和二十年前一模一样的女性正向这边走来。

"奇迹啊……"玲二发出了呢喃声，兄弟俩同时从椅子上站起身来。

佳乃正往自己这边过来，她来回看着同张面孔、服装同款不同色的男子，残留在嘴角的亲切笑容僵住了。

"我们太想见到你们了。"

"能见到同样的双胞胎，是我们的荣幸。"

"你喜欢立体照片吧？"

"请问你是姐姐还是妹妹呢？"

小林兄弟越说越起劲，佳乃呆住了。

"不好意思，您们说姐姐……是不是认错人了呢？我是独生女。"

其他客人也好奇地注视着这边。

"但是、但是那张立体照片……"

佳乃有些纳闷。

"不好意思。立体照片是什么？"

只见小林兄弟呆然地四目相对。

"我们在找这组照片中的女性。"

今宫站起身来，拿出了那组照片。

"啊，这张照片……"

"对不起，我们还以为这肯定是对双胞胎。"

来夏说完，佳乃扑哧一笑。

"真有那么像吗？这是我和我妈妈。"

来夏愣住了。

"咦，也就是说二十一年前的照片，也就是开花时的这张，上面的人是令堂？"

"对，是我妈妈。"佳乃眼神温柔地望着外面的龙舌兰说道，"相框就在这边呢。"她指向店堂柜台的一旁，墙壁上并排挂着两张相片。

今宫最先走过去看，细细打量一阵后，他喃喃道："果然亲眼看到后，感觉更为震撼。"

"话说回来，二位竟长得如此相似。今天令堂不在吗？"

来夏随口询问，佳乃双目微垂，露出了微笑。

"我妈妈不在了。"

"对不起……"

来夏沉默了。

"这是妈妈生前的最后一张照片。她在生我的时候……"

来夏忽然发现了，直筒状的黑色连衣裙并未勾勒出身体的线条。她把手搁在腹部，是因为知道里面有了小宝宝。

"拍这张照片的时候，妈妈好像笑着说，等这棵子株下次开花的时候，自己肯定都抱孙儿了。我一直珍藏着这张龙舌兰花与妈妈的合影。请稍等一下。"

说完，佳乃把手机屏幕展示给大家看。

"这是原图。"

母亲就站在正方形的构图中。

"在翻新我们自己住的别屋时，偶然发现了这张照片的黑白底片。"

"机会难得，我去别屋拿过来。"身为父亲的老板这样说着，便离开了。佳乃也从隔壁餐桌拉来一张椅子，坐了下来。

"底片很稳定，容易保存。反而比照片更好。且万幸的是，它没有在气候潮湿的日本发霉。"今宫说道。

"是呀，一直收在桐木衣柜的桐木匣子里，被遗忘了多年。"佳乃回答。

"过了二十岁，开始有许多人说我越来越像妈妈了，简直是一个模子里刻出来的。当时我还在肚子里，可我们二人的合影只有这一张。不过，听到大家都说我们像，我还蛮开心的。虽然从没见过妈妈，但能感觉到我们之间有强烈的牵绊。"佳乃继续说道，"为防止底片劣化，我们刻在了CD上，觉得可以把照片再洗一次，便随手送去冲洗了。结果，二十一年前的胶片竟洗出了艳丽如新的照片，仿佛是不久前拍摄的，真叫人大吃一惊。"

佳乃笑了。

"看着这张照片，我突然发觉自己刚好和照片中的妈妈年纪相同。于是我想到，精准重现这张照片应该会挺有意思的。妈妈的那条黑色连衣裙和鞋子被收藏得很好，我打算做同样的发型和妆容，并在同一天的同一时间段摆出和妈妈一样的姿势，用同样的相机和胶片进行拍摄。相机的位置也一模一样，就在那块石头上摆好三脚架。"

"但是，龙舌兰没有开花呢。"

听到今宫的话，佳乃惊讶地点点头。

"是呀。这点让人头疼。开花就完美了，可这种植物似乎很难开花。所以没有开花的背景也只能凑合用了。现在院子里的龙舌兰，是由枯萎的母株繁殖而来的健康子株。"

由枯萎母株繁殖而来的健康子株——听到这句话，来夏凝视着眼前这位美丽的女儿。又想到她母亲究竟有多想看到她长大后的模样呢？

"摄影者是我爸爸，相机也在桐木匣子里，他笑着说自己真的好久没拿出过相机了。"

老板父亲抱着桐木匣子过来了。看到里面的相机，今宫从口袋里掏出皮筋，把头发绑成一束。

从匣子里取出来的相机，外形很奇妙，如同把镜头直接装在了四方形的箱子上。

"哦，是勃朗尼卡 S2。您喜欢摄影呀。"

今宫高兴地说着，老板则有些不好意思。

"让您见笑了，我忙于各种事情，早把相机忘到了九霄云外。时隔多年再想把它拿出来，却发现都过去了二十多年。这么做实在对不住相机。不过，我明明二十年都没碰过它，它却依然成像清晰，就像一直等待主人的忠犬一般，真的很可爱。今后我准备重拾摄影。"

老板说得云淡风轻，但仍能从中感觉到现实的沉重——在夫妻两人即将养育新生命的时候，妻子却突然去世了。丈夫甚至忘了自己曾经喜爱的相机，想到这二十年的时光，来夏就觉得揪心。

"都二十年没碰了，我有些担心里面有没有损伤，也不知生锈了没。"

"不好意思，我刚好在二手相机店做相机修理的工作，若是不介意，我现在可以做个简单的检查吗？"今宫说。

"当然，太好了，我还想着哪天一定要送去专卖店检查呢。结果总是在拖延。"

老板爽快地把相机递给了他。

今宫打开相机的后盖，对着光亮查看镜头，按了几次镜头右下方的快门。每次都有声音响起，店里的客人都好奇地转过头来。是沉稳的机械声。

"真厉害，也幸亏保存状态好，现在都能用，堪称奇迹啊。"

他也把相机展示给来夏看。

"勃朗尼卡的创始人叫善三郎，是个热爱相机的人。为了追求自己理想中的相机，他采用了当时最先进的技术，投入两亿日元的私人财产制作出了这款梦中相机。相机已经停产了，但现在善三郎先生的儿子是相机维修公司的董事长。儿子的公司如今负责修理父亲用爱与热情生产出来的相机，我觉得很棒。"

来夏想到，正因为这台相机是机械式的胶片机，才能让两张照片跨越时间，实现与立体照片不分伯仲的摄影。

"倒卷的差速齿轮部分有点松动，这个零件可以给善三郎先生儿子的技术公司进行更换维修，还可以做个全面检修。如此一来，以后能放心用很长一段时间。"

今宫不会在此时说"请务必交给我们店修理"，来夏觉得这既是他的弱点，也是他的优点。

"这个是底片。"老板递来的东西和来夏想象中的不同。要大上一圈，不，是两圈。

"好大呀。"

"毕竟是中型相机¹。"今宫说道，"是 6×6 厘米的正方形。底片本身也很大，即使放大来看，成像也如此美丽。"

今宫恭敬地伸出双手接过，看过底片后，又小心地还给了对方。

"谢谢您让我看了这么珍贵的东西。"

今宫低头行礼。

"不过，在网上发帖的又是谁呢？"

来夏忽然低声说道。

"我也不太清楚，或许是哪位客人喜欢我们的照片吧。"佳乃说完，

---

1. 即 120 胶片机、220 胶片机的统称。——译者注

又"啊"了一声，像想起了什么似的继续说道，"话说，刚才您们说了立体，请问立体照片是什么？"

"立体照片啊——"

小林兄弟探出身子进行说明，听着他们的声音，不知何时，来夏对院子里的龙舌兰看入了迷。

没有什么东西是永恒的。但是，为了能将时间之河的某一瞬间始终铭记在心，人才会选择拍照吧。

小林兄弟带来了珍藏的相册，佳乃看着里面的立体照片，发出了惊呼声。她好像很快掌握了窍门。

"看起来真是立体的呢，好有趣。"

她痴迷地窥视着相册。

"今天冒昧打扰完全是因为误会，太不好意思了。原来和立体照片毫无关系啊，难怪尺寸规格会不同。"玲二边说边挠头。

"原以为除了我们，还有喜欢立体相机的双胞胎。是我们太心急了。"省吾也不好意思地笑了。

佳乃突然抬头看着墙壁上的相框。

"请问，这两张照片也能呈现立体的效果吗？毕竟很像立体照片。"

"这个嘛……"

省吾的表情有点纠结。立体照片是由于镜头位置的偏差，而使得大脑产生了立体图像，虽说这两张照片长得像，但拍摄时并未考虑到前面的原理，估计很难实现立体效果。

然而他不会说出口吧。

"我有点不确定。"他说得很含糊不清，"不过，但愿能看到。"

这句话中透着祈祷的感觉。

佳乃站在相框前，移开视觉焦点，往前走了一点又往后退去，露出了奇妙的表情。

来夏也祈祷佳乃能够看见。此时此刻，店中鸦雀无声。

"啊。"

佳乃小声喊道，整个人定住了。

她站在原地一动不动。

"爸爸你过来。"

她目不转睛地盯着照片，招了招手。

"你站在这里，看，好像妈妈就在眼前一样，正站在那边笑呢，你看呀。"

老板也站在了相框前。

回去的路上，来夏说道："小林先生，没有喜欢立体相机的美人双胞胎真是可惜。"

"没事啦，这当然可惜，但幸好来了这里。""我也觉得。"

玲二和省吾回应。

"佳乃小姐真漂亮。""是吧。"

　　来夏从后座望着笔直延伸的高速公路。大家似乎都各有心事。晚餐是小林兄弟请的海鲜盛宴。

　　车辆行驶在天色全黑的道路上。刚听到轻微的鼾声，就发现副驾驶座上的玲二好像睡着了。

　　啊，他睡着了——正在来夏这样想的时候，今宫的脑袋靠了过来。或许这一趟旅行令他筋疲力尽，他平日里作息规律，现在好像是进入了熟睡的状态。他的小拇指与自己的小拇指处于若即若离的位置。

　　"啊，今宫先生也睡着了。"省吾对着后视镜讲道，"来夏小姐，你和今宫先生怎么样啦？"他的声音很小。

　　"怎么样是指……"

　　"原先以为今宫先生绝不可能收女孩子打工的，所以我们也很意外。虽然只是我们的猜测吧。你看，他还莫名其妙地增添了玩具相机的柜子。"

　　来夏向省吾讲述了打工的缘由。

　　"嘿。今宫先生遇到三十四年份的幸运了啊。"省吾对着后视镜咧嘴一笑，"你们干脆交往得了。来夏小姐现在没有男朋友吧？你们两个很般配哦。气氛特别好。"

　　来夏把"不行"这句话给咽了回去。

　　"睡颜意外的可爱呢。"

　　"玩累了就睡，跟孩子似的。"

　　感受着肩膀和脸颊上头发乱蓬蓬的触感和今宫的重量与体温，来夏维持着这个姿势，以免弄醒他。

如果向大家坦白真相，今宫和自己肯定会无法维持现状。那样的一天要是永远都不会到来该多好。

周三上班时，团子店的老婆婆又喊住了来夏。

"你等一下呀。吃点团子吧，离开工的时间还早呢，给。"

"谢谢您，我不客气了。"

老婆婆的多嘴虽然很麻烦，但这些团子果然配茶最适合，非常美味。

她一直望着今宫相机店那边。

"那孩子严重赖床，平时都是九点左右才迷迷糊糊地爬起来。"

老婆婆要说什么呢？来夏心里纳闷，默默地听她讲话。

"有天早晨，我见他五点钟就起来了，吓我一跳哩。看样子是醒来早了，也不晓得是不是因为失眠的缘故，总之他把这条街从头到尾扫了一遍，还擦了擦相机店的窗户和拉门。当时觉得可真稀奇呀。"

来夏姑且点点头。

"然后，他隔一会儿就坐立不安地跑出来，盘着手臂从外面打量店铺。接着又进去调整柜子，再出来看看店铺。我挺纳闷是怎么回事，便一直盯着看，原来是你来了。那正是你来的第一天。"

来夏低下了头。

"那孩子应该最清楚维修的可怕之处。自己的手也许会弄坏宝贵的相机，令其无法复原。越是宝贵，就越不敢随意触碰。"

来夏注视着鞋尖旁的石头。

"我没说你非得回应他。只是，希望你千万不要背叛他的一片真心。"

来夏低头呢喃道："嗯，我知道。"

打完招呼后来夏走向店铺。她觉得或许是因为丰富的阅历，老婆婆才敏锐地有所察觉吧。自己不能一直这样下去。

刚到店里，今宫的表情明显很高兴。

"怎么还没到啊，估计两点前能收到吧。"

说好的 Rolleidoscop 似乎快到了。

"希望能早点送到呢。"

去店外做打扫时，快递的货车停在了门口。看到今宫站起身来，郑重其事地来外面迎接，来夏就觉得他真像个孩子一样。

今宫把相机一会儿凑近看一会儿隔远看，还贴上去对着眼睛看，按动快门听声音，一脸幸福无比的表情。甚至来夏做完卫生进来的时候他都没发现。

"今宫先生，有人预约暗室。"

来夏试着搭话，可他依旧盯着取景器没有回应。

"不好意思，你有听到我说话吗？"

"咦？嗯。"他盯着取景器，回答得极为敷衍，来夏不觉叹了口气。

"怎么了？暗室的事情？"

"真是够了。"

今宫对着气呼呼的来夏按下了 Rolleidoscop 的快门。来夏又是吐舌头，又是像河豚一样鼓起脸颊。每到这时，都会响起快门的声音。

来夏突然在意起来。

"没有装胶片吧？"

"当然装了呀。"今宫笑了，"鬼脸，而且是立体的。"

"等一下。真是的……请把胶片给我！给我啦！"

今宫躲开来夏试图抢走相机的手，拿着相机逃走了。

Stereo Graphic

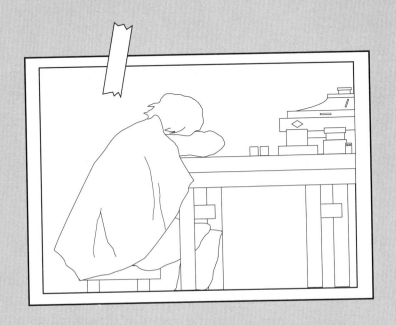

寒冷的冬日，连呼吸也变成了白色。来夏戴着连指手套，对着指尖呵气取暖。等待苹果派新鲜出炉的排队人群中冒起了白气。复古理发店和葡萄面包店的玻璃窗也蒙上了一层白雾。

刚走进店里，今宫就轻轻地笑着说："外面有那么冷吗？脸颊红扑扑的，好像乡下的小朋友。"

来夏苦笑着摘下了连指手套、毛线帽和围巾，脱掉了大衣。把它们搁在里面。

"请用咖啡。"

"还没来多久就喝茶休息呀。"

来夏笑着说，用手包住了马克杯，指尖的血液逐渐循环起来，感觉很是惬意。

"谢谢，那我不客气了。"

喝下咖啡，肚子里仿佛点亮了一盏明灯。接着，来夏开始打扫柜子，今宫则进入工作室。这便是今宫相机店日复一日的宁静日常。

半晌过去，店门哐啷响起，有客人进来了，耳朵边上还贴着手机。

"欢迎光临。"来夏小声地说。

男子正隔着手机和什么人飞速地聊天，其间问道："啊，今宫在吗？”

一看男子，发现他身上的所有物品都带有某名牌的商标，着实令人惊讶。镜框、围巾、手套、手上的手机壳、鞋带上都有，来夏莫名觉得佩服——这些东西竟然也有名牌。她去工作室叫今宫。

“啊，濑暮先生。”

濑暮总算挂断了电话。

“今宫，好久不见。开店顺利吗？还招了兼职人员啊。”

“还行吧。”今宫笑着说，接着告诉来夏这是他在老家的前辈。

“哎呀，我现在在找徕卡。”

即使知道说的不是自己，被叫到名字还是有点吓一跳。

“真是太阳从西边出来了，濑暮先生居然想要古典式相机。为什么是徕卡呢？”

“没，不是我啦。老爸的六十大寿我觉得必须送台徕卡，就想着你这边有没有什么好玩意儿。”

“要找什么样的呢？”

“他好像喜欢看起来特别古典的，想装饰在新家的柜子上。”

今宫的表情有点阴沉了。

“那非完好的商品也可以呀。我帮您找找摆设品，应该能找到便宜的。”

“不必了，生日就在两天后。钱多少都无所谓，反正我在找外观好看的，一眼能看出是徕卡相机的就行。”

"我们店里只有彻底检修过的，价格有点贵呢。"

"要多少？"

今宫在濑暮耳边窃窃私语。

"什么？可以可以，如果只要这点钱。那么，有好看的徕卡吗？"

来夏也能理解今宫的抵触感。给店铺帮忙了一年多，她很清楚今宫究竟有多喜欢相机，他把每一台都打理得漂漂亮亮，好能愉快地交付给下一位客人。

她想起了今宫随口而出的一句话："我在想，是不是修相机的技术越好，生意就越差。因为如此一来，客人就很难来做下一次修理了。不过，我还是希望相机的主人能心满意足，这样相机也更幸福，每次修理，我都本着要让相机能用上一辈子的想法。"

来夏觉得，相机正是为了捕捉人一生中的各种场面、记录各种故事而存在。她还了解到，特别是古典式相机，只要前主人爱惜使用，还能留给下一位主人。相机非常长寿，比人的一生要长多了。

现在，她似乎明白今宫相机店被指定为遗物收购处的原因了。

连网络主页都很小的这家店，专卖二手古典式相机的今宫相机店，这里的客人全都是真心喜爱相机的人。每个人买到相机，如获珍宝地带回去时，眼里都洋溢着喜悦。那副表情，就像恨不得在回家路上拆开包装立刻拍照一样——拍点什么吧，带上这台相机去哪里看看吧。

当摆设品装饰在柜子上也是相机的一种用途，但如果损伤严重，就无法再交给下一位主人了。

濑暮接连浏览着柜子。

"没看到啊。有没有那种很有徕卡风格，外表一看就知道是古典式相机、非常时髦的款式。"

似乎没有他心仪的相机，来夏松了一口气。今宫似乎也一样。

"我去联系下同行，不是完好的产品也行，我会帮您找找徕卡的。如果不介意等到明天的话。"

濑暮又走进工作室。好像在认真观察四周。

"啊！就是这个。我找的就是它，完美符合。多少钱？"

濑暮抓住的是来夏转让的徕卡Ⅲf。为什么它会在里头？之前都放哪儿了？

"啊，不好意思，这个不卖。"今宫用强硬的声音说道。

"已经卖出去啦？"

"没，不是这样的。因为一点原因。"他瞥了眼来夏的脸，慌忙开口道。

今宫就是无法立刻撒谎。

"没修理也不要紧。多少钱嘛？"

今宫报出了一个惊悚的价格。大概以为这样说对方就能死心了吧。

"噢噢，这价格不得了啊。既然是贺礼，价格高一些也无妨，那我就按这个价买下了吧。明天给你现金可以吗？我上门来取。"

"我有一样的相机，明天可以帮您准备，价格也只有十分之一。"

"没事没事，那样很麻烦吧？这台的老旧程度正合我心意。恰好是古董的感觉。那明天见喽。"

正要回去时，濑暮的视线停在了来夏身上，仔细地打量着她。

"咦？不好意思。难道你是狭山小姐？是狭山小姐对吧？"

"不是……"来夏飞快地眨着眼睛说道。

"啊，抱歉，长得太像了。那么告辞。"说完，濑暮就回去了。

"今宫先生。"

"不会卖的。我会准备相同的相机。"

"可是……"

"没事的。"

今宫紧紧抱着徕卡Ⅲf，把它收进了防潮箱里。

"我现在去同行那里一趟。把感觉相同的相机给他看，告诉他就是这台，他肯定能接受的。"

来夏目送着今宫套上大衣离去的背影。

她想了想，接着锁好店门，去了趟附近的邮局。从 ATM 机里取款后，把一沓钞票装入信封。

来夏开锁进店，环顾店堂。自己已经彻底习惯了待在这里。走出自家、图书馆与超市的封闭三角形后，她接触到了新鲜事物，逐渐恢复了活力，在惊讶于不断改变的自己的同时，一路走到了现在。每天都有可以去的地方，着实是件幸福的事。

她把装有现金的信封留在了工作室的桌子上。

——今宫先生，一直以来谢谢你了。很抱歉以这样的形式辞职。

徕卡Ⅲf的钱已经付过了。找零和本月的工钱就算了。承蒙你的关照。

和你一起工作真的很开心。可如果继续待在这里，我会……

写到这里，来夏把"可如果"后面都给涂掉了。

最后整理一遍店铺后，她简单地打扫了一下，接着从防潮箱里拿出了徕卡Ⅲf。

来夏再次锁好店门。回头时和团子店的老婆婆对上了视线。她深深地低头行了一礼，然后快步走向车站。到了离自家最近的车站后，便跑了起来。估计要再等一会儿，今宫才会回店。他发现留言大概还需要点时间，自己得赶在那之前。

来夏把鞋子随意地脱在门口，去找旅行包。将换洗的衣服、存折、登记印章和需要的东西都塞了进去。她拿起相框，轻轻摆在旅行包的最上面，再把徕卡Ⅲf放在旁边，合上了拉链。她关好二楼的护窗板，拧紧燃气的总闸，拔掉了全部插头，也拔掉了电话线。这样应该就没问题了。关上一楼的护窗板后，屋子里暗沉沉的。来夏打算先离开这个家。在今宫忘掉自己的存在前，也在自己忘掉今宫之前。

上锁之后，她用手指检查门是否关紧。就在她走出大门，准备去车站之时，身后传来吱吱的刹车声，一辆单车停了下来。

今宫来了。

他大概是抄近路一口气冲过来的，面目狰狞，上气不接下气的。把单车靠在墙上后，他用力抓住了想要逃走的来夏的手腕。

"那是怎么回事？"

他透过卷发俯视着来夏。

"对不起……"

为了不让来夏逃走，今宫用力抓着她的手腕，精疲力竭地蹲在了路上。肩膀一起一伏，仍然喘着粗气。

"还好赶上了……"

"今宫先生怎么回来得这么早。"

"团子店的米阿姨打电话让我立刻回来，我就借了辆单车。"

那位老婆婆到最后也在多管闲事。

"在这里会招来邻居好奇的眼光，请进屋吧。"

来夏打开护窗板，泡了茶。

"店铺呢？"

"关门了。"

两人注视着茶杯里冒出的热气。

"对不起，我私自把商品带了出来。就算放了钱在那里，也依然算盗窃吧。"

来夏双手捧着徕卡Ⅲf。摆钟发出咔嚓咔嚓的响声。

"我转手的十二台相机里，最早卖出去的是徕卡M3。那位客人把摄影作为退休后的爱好，非常珍惜地带走了相机，就像抱着刚出生的孩子一样。"

听着来夏的话，今宫点了点头。

"下一台是康泰时Ⅱa。买的人是学习摄影的学生。能被那么可爱的孩子看中，相机也一定很开心。"来夏继续说道，"接下来是柯达Signet35。买家是位年轻的白领，因数码相机开始对相机产生了兴趣，准备挑战第一台古典式相机。其他相机后来也逐一卖掉了。"

今宫犹疑地开口道："我知道的，来夏小姐始终惦记着转让出去的相机。你一直在观察它们被卖给了什么样的人。笔记上也都写了吧，哪台相机于何时卖给了什么人。"

今宫喝了一口茶。

来夏很奇怪转让的最后一台相机为什么一直没上架，但不知不觉间，又觉得这样任由光阴流逝也未尝不可。想永远待在那家宁静悠然的店铺里，对许多事情佯装不知。

"看着每台相机被郑重地转交他人，这样固然痛苦，但我觉得也挺好的。直到最后一台为止。"

来夏用力握着徕卡Ⅲf。

"我这个人真麻烦，也不知道自己在干什么，始终被过去所困。"

"我觉得也不必勉强自己忘记。"今宫静静地说道，"这台徕卡Ⅲf是你和先生的珍贵回忆吧。"

窗外忽然响起了风声。

"你怎么知道？"

今宫沉默片刻，开口道："我第一次来这里的那天，防潮箱顶部的相框里夹着张照片。照片的角度有点倾斜，对焦也略显外行。"

"就那么差劲吗？"

来夏试图挤出笑容，却没有自信笑得出来。

"不，即便如此，那依然是张好照片。我之前也讲过拍摄者与被拍者的关系性吧？它是张优秀的照片，可以看出按快门的人真的一片深情。不管是多出名的摄影师都无法比拟。

Ⅲf这一型号没有定时拍照的功能。所以丈夫先让太太坐在椅子上，把对焦、取景都设置好了再进行拍摄，然后二者再交换位置。太太并不习惯手动挡的相机，加上两人的身高差距大，因此成像才有点失焦。"今宫又喝了口茶，继续说道，"干活的时候看着照片，我产生了一点违和感。你先生无名指上有结婚戒指的光泽，和手表、袖口相比，显得很新。起初我以为可能只有戒指重新打磨过，但他左手拿着烟管面露笑容，我就想也许他并不是准备抽烟，而是因为新戒指刚套上无名指，拍照的时候想要突出它。"

正如今宫所言。

"即使对焦不行，照片也歪了，但这些根本不重要。因为那是你们二人宝贵的纪念照。"

"今宫先生总是观察得这么仔细呢。我似乎明白你说的'修理的基本是观察'了。"

万万没料到他从一开始就发现了。来夏解开衬衫的两颗扣子，从里面拉出了一条细链。和照片里一样的戒指，静静地闪耀着金色的光芒。

"戴在无名指上太难受了，可我又舍不得放手。"

虽然当时有过蜜月旅行，却一直犹豫让人拍二人合影。不管来夏穿得多成熟，也无法掩盖超过两轮的年龄差距。两人既讨厌被人追究，也讨厌好奇的目光，因此都是互相给对方拍照。来夏低下了头。

"收购那天，我正准备打包相机时，见到来夏小姐似乎依依不舍地拿着这台徕卡Ⅲf，对着取景器看。果不其然，相机是向右倾斜的。我一直在想，这些全都由我收购真的合适吗？"

茶杯已经没了热气。

"对不起，我撒了谎。我早已算好了收购价格。那天其实可以当场支付给你的。"今宫的声音沙哑了，"可我实在不愿就此结束。"

来夏不知从何讲起，犹豫片刻后，静静地开口了。

"我初中时失去了父亲。坐车的时候，疲劳驾驶的货车司机从正面撞了过来。我眼睁睁地看着身旁的父亲变得无法动弹，自己却无能为力。等待救护车的时间，就跟永远一样漫长。"

说话的时候，她无意识地捂着右臂。事后才得知父亲急中生智，把方向盘用力打向左边，伸出手臂护住了副驾驶座。

"善治郎先生是家父的同级生，两人从前就是挚友。他很担心车祸后的我，一直照看着我。"

失去了唯一家人的来夏，只得投奔自己的亲生母亲。此前她与母亲形同陌路，到最后也没能和解。

"我跟母亲和继父相处得不好，就尽量考去了远一些的高中。从高中开始，我便独自生活在公寓里。"

母亲以管理为由，一手掌握了父亲的遗产，来夏只能拿到勉强凑合的生活费。刚买完教材和运动服就不够了。要钱的时候，母亲会在电话里说一堆不愉快的话，于是来夏只好从少得可怜的餐费里抽钱出来。胃似乎变小了，也没什么胃口，许多日子里，她吃完一个特价面包便没再进食了。善治郎提议去吃一顿久违的美餐，便约在最近的车站见面，他触摸着来夏消瘦的面颊，满脸愕然。

那段时间的来夏一直没有食欲，善治郎用现有的食材制作的意式肉汁烩饭格外美味。若被问到迄今为止最好吃的东西是什么，她定会举出那天的烩饭。其实吃的时候盐味很重，几乎尝不出其他味道，但依然很好吃。

"善治郎先生担心我的生活，经常来看望我。他也想方设法帮我拿回父亲的遗产。"

察觉到来夏的感情后，善治郎冷淡地拒绝了，认为这是她失去父亲的寂寞感所催生的错觉。可他还是担心来夏的生活，于是请来了保姆。

在这世上，来夏想要的只有善治郎。

"高中毕业那天我们领证了，心想这下终于成了家人。那是我最开心的日子。因为没有一个人祝福，所以我们没办婚礼，两人一起参拜了附近的神社。不过，只要能在善治郎先生的身边，我便心满意足了。不需要任何人的祝福。"

她凝视着手中的徕卡Ⅲf。

"善治郎先生——丈夫就是我的一切。"

相机碰到桌子，发出咔的一声轻响。

"这台是蜜月旅行时携带的相机。善治郎先生最爱用它了。像遗言所说的那样，让真正喜欢相机的人接着用它，其实也挺好的。可我突然害怕了起来。"

屋内此刻一片寂静。

"我会逐渐淡忘的。他曾经是如何微笑、声音是什么样子、手长什么样……全都会忘记的。"

她低下了头。

"我好害怕。"

尽管感觉到今宫在拿东西出来，她也没有抬起头。

"来夏小姐。"

她一动不动。

"来夏小姐，你瞧。"

抬起头来，只见桌上有只胶片盒。今宫从里面取出胶片。

"请把这台徕卡给我。"

交给他之后，他把相机的底部朝上。

"这种类型的徕卡，都是从底部装片的。打开底盖的地方在这里。"

来夏听着说明，今宫把胶片剪短一点后，让她拿在了手上。"不是这样。""还是很松。""差一点。""没有卡住。"就这样，他一遍一遍地教来夏，反反复复间，她终于能自己装胶片了。

来夏隐约纳闷为什么现在变得跟相机课一样，却还是动手学习新的知识，令其渗入自己的身体，不知什么时候，起伏不定的心渐渐冷静了下来。

"拍摄的时候，最关键的便是这只 Elmar 的沉胴式镜头，即嵌入型镜头。把镜头拉出来后，千万别忘了固定，喂，来夏小姐有认真听吗？"

"谁让你突然开始了相机课，为什么是现在呢？"

感觉全身瞬间没了力气，自己也在无意之间笑了起来。

"别管啦，总之要把这只镜头拉到底了再固定。好，你来试试。做不好，整个画面都会糊掉哦。到时候一卷胶片都是糊的，也不关我的事。那可是超级打击人的。"

"好。"来夏笑了。没有半点名言警句和人生指南，而是拼命地讲解相机，这一点可真像今宫的性格。不过，今宫有点古怪的温柔体贴，也令来夏不知不觉间平静了下来。

她以为是靠自己一个人恢复了活力，都未曾发觉其实小小的店铺一直近在身边，有个人明明知道一切，却一言不发，默默地守望着自己。

他继续着徕卡新手的讲课，比如两个取景器的观看方法、如何给重影的画面对焦。

"那么从头开始。"来夏从装片开始，一个人把对焦、快门速度全部调好后，说了句"完成了"，便把徕卡 Ⅲ f 递给今宫。

"好，做得很棒。"他当即说道。

今宫的眼神温柔了一点。

"在不断流逝的时间中，没有什么是一成不变的。但是现在的这一瞬间，可以定格在照片中。"

今宫举起相机，把镜头对着来夏。

"最后像这样按下快门，注意不要抖动。"

快门发出了"叽"的清脆声音。

"今宫先生老是一声不吭地突然拍我呢。"

"但是你笑得很自然哦。"

来夏接过他递来的相机。

她一直觉得相机已经和自己的人生毫无干系了。生命结束时，只要自己从他人的记忆中消失就好。没有任何想留下的瞬间。也没有想与人分享的风景。更没有想拍的人。

来夏拿着徕卡Ⅲf，恍然发觉自己此刻想按下快门。

"直到最后，也没弄明白和樱花、暗沉的天空、白雪有关系的东西。按理说，我已经很熟悉相机了才是。那到底是什么呢……"

"方便说详细点吗？"

"也没什么。这是善治郎先生临终前的最后一句话。他说'谢谢你，希望在我们院子一起里看樱花、暗沉的天空和白雪'诸如此类的话。意识似乎已模糊不清，也许是梦见了什么吧。"

来夏突然叹了口气。

"可是，如你所见，院子里根本没有樱花。去世的季节刚好和现在一样，并非樱花盛开的时节。善治郎先生在二十多岁和太太分开，与我结婚前似乎也谈过其他的恋爱。说不定他最后想起的不是我，而是别人。"

说着说着，心里仿佛吹进了一阵冷风。他明明去世好几年了。

"所以我一直在寻找，希望能有这样的相机。"

今宫若有所思。认真思考的样子让人不忍搭话。

"不好意思……"

"如果我解开了这个谜题——"今宫猛地抬起头来，"你能答应我一个请求吗？"

"但是今宫先生，他都去世好几年了，这是不可能的。"

"我会试着解开的。"

尽管心有迟疑，来夏还是点了点头。

"冷藏室。"

今宫突然说出的词语令她有些吃惊。

"冰箱的冷藏室里有什么东西吗？比如你先生留下来的物品。"

冰箱在脑海里浮现，过了一会儿，她忽然反应过来。

"有的。角落里有个好像小盒子的东西，装着相机配件。好像是什么重要物品，我舍不得扔，就一直放在那里。"

"可以给我看看吗？"

来夏从冷藏室取出了那只盒子。冷冰冰的，里面装着胶片。

"我在想这是不是特别昂贵的胶片。众多胶片里，只有它被收进了冷藏室。等我发现时，已经在里面了。"

表面能看到"柯达"的字样。

今宫看了看手表。

"那么一小时后，就把这卷胶片装进来夏小姐的徕卡Ⅲf里拍照。现在胶片结露了，无法立刻拍摄。"

"请问，要拍什么呢？"

"当然是樱花、暗沉的天空和白雪啦。"

"可现在哪里有樱花？也没有白雪啊，天空还亮堂着。"

"没关系。我还有东西要找，能看看你先生的书房吗？要找的是黄色滤镜。它肯定在房间的某个地方，请给我一个小时。"

来夏不明所以，可还是敌不过今宫的认真，点头应允了。

她一直没碰过桌子和抽屉，里面仍维持着整洁的状态。来夏在店里接触过滤镜，因此有所了解。虽然很熟悉红色和蓝色的透明滤镜，但店里很少用到黄色的，她有些好奇黄色滤镜的用途。

找着找着，还真如今宫所言找到了深黄色的滤镜。看起来像善治郎自己切割加工的。仔细一瞧，大小恰巧适合Ⅲf。

"你说的黄色滤镜，就是这个吗？"

她递给今宫。

"是自己制作的滤镜呢。稍后会把它装在Ⅲf上。请借我用一下壁橱。"说着，他看了眼时间，"过一小时了，差不多可以了。"

"壁橱？你打算做什么？"

"不是壁橱也可以，只要有尽量不透光的房间就行。"

来夏把行李从壁橱里拖出来，腾出了空间。看着今宫缩起身子钻了进去。

过了一会儿，他出来了。

"这卷胶片很特别，装片的时候必须待在像暗室一样黑暗无光的地方。咱们走吧。"

"走去哪儿？就算现在去看樱花，日本也没一个地方开花吧？不过山樱倒可能开了。"

"去院子里呀。"

搞不懂今宫到底想干什么。

来夏与今宫来到院子里。院子很宽敞。中央种着冬季也绿叶繁茂的光蜡树，以作为标识。

今宫熟读胶片的包装，边思考相机的曝光和对焦边做调整，他用双手的手指比着方框，点了一下头说："那么，来夏小姐请站在这里。请在这里竖着拍。"

"拍这棵树吗？"

"对。"

"今宫先生来拍不是更靠谱吗？"

今宫摇摇头。

"不。这张照片得由来夏小姐拍摄。"

每拍一张今宫就做点调整，然后再拍一张，二人重复着这项操作。

全部拍完后，今宫说："这台相机和里面的胶片可以先交给我吗？明天周一休息，但还是得麻烦你来店里一趟。到时候我会给你的。"

说完，今宫便回去了。

次日，来夏刚到店，便看见今宫在挂着"今日休息"的店堂里。仔细一看，眼睛下面都是黑眼圈，表情疲惫不堪。

"昨天的照片洗好了。"他把徕卡Ⅲ f 和一张照片递了过来。

来夏屏住了呼吸。

画面上，是盛放的粉色樱花、神奇的深蓝色天空和遍地白雪——

她半晌都无法动弹。

"今宫先生，这……真的是我家院子吧？"

"就是那棵树。冷藏室里的是柯达 EIR 这款特殊胶片，一种红外激光彩色正片。现在已经停卖，胶片也过期了，我本来挺担心的，还好成像非常美丽。红外线对叶片的叶绿素产生了反应，把绿叶染成了泛粉的浅白色，而天空会呈现深蓝色，是因为空气中的尘埃使得红外线无法散射。云朵是闪亮的白色，草地是纯白色。这个叫红外照片。胶片也规定需贮藏在零下十八度的环境中，处理起来非常麻烦，一般人会把它交给冲洗店，但我们家有器材，冲洗起来很简单。"

来夏把视线落在照片上。熟悉的院子充满了幻想风情，像黑夜又像白昼，像春天又像冬天。樱花以深色青空为背景，发出淡淡的光芒；

纯白的杂草随风摇曳，仿如鲜明的梦境，又仿如超现实主义的画作，是张百看不腻的照片。

"你先生想让你看的，我想正是这番景色。而不是给其他任何人看。"

店内寂静无声。

"我去二楼厨房泡咖啡。"

今宫留下痴痴看着照片的来夏，或许是在照顾她的情绪。关门声响起。

那年春天。来夏患上了重感冒，卧病在床。她一直盼望和善治郎去赏樱，提前多日确定了菜单，还新买了多层漆饭盒，结果等痊愈的时候，樱花都凋零了，没能去成。看着大失所望的来夏，善治郎说来年驱车去远方赏樱，顺便住一晚上。

可谁能想到，次年春天不会来了。

买这卷胶片的时候，他大概已经发觉了吧。所以，才说要两人一起去看樱花——

片刻过后，今宫端着盘子从二楼回来了。

"真的很谢谢你。"

"用不着道谢。这点小事一下子就能搞定。"

来夏把握紧的手帕塞回包中。

今宫花时间精心泡制的咖啡格外美味。二人都沉默了半晌。

他把杯子放在碟子上时，发出了轻微的响声。

"关于请求的事——我——"今宫沉默了一会儿，接着又支支吾吾地说，"和我……"来夏不知该作何表情，只好低着头。

"请留在店里吧，以后不要说什么辞职了。"

来夏凝视着桌子的木纹。

"但是，今宫先生……"

"这样我更能专心地修理，工作非常顺利。然后，熟客也喜欢来夏小姐的咖啡，店里也有新客人上门了。"今宫直截了当地说道。

"可是……"

"另外，外面你也打扫得很勤快，周围的店家都很开心，卖玩具相机时比我更会待客，柜子和窗户总是一尘不染，又会记账，从没忘记买咖啡豆和胶片的订单，还有——"

说着说着，今宫趴在了桌子上。乱蓬蓬的卷发在桌面一起一伏。

他就这样趴在桌面上，来夏则去拿昨天放在店里的装有相机钱的信封。

"我不要。我会从每个月的工资里一百一百地慢慢扣。"

"但是这……"

"请你留下来吧。"

两人都沉默了。

"假设每个月扣一百块，大概要十年……十五年……"

来夏默默地看着自己的指尖，过了一会儿开口说道。

"今宫先生，谢谢你。但现在这样回来，对你对我都不好。"

今宫依然趴在桌子上。

"我没法回到店里……"

他一动不动。

"今宫先生？"

来夏觉得奇怪，绕到背后一看，只见他睡得正香。看来他特别疲惫，她决定最后把店里再打扫一遍，等下拒绝也行。

刚打开工作室的门，便发现暗室的门一直敞着。随意往里面一看，狼藉不堪的样子令来夏大吃一惊。今宫平时都收拾得整整齐齐的。她第一次看到相纸和潦草的笔记像这样四处堆积、杂乱无章。

来夏纳闷地拿起一张相纸，上面正是她拍的那张照片。每一张相纸都是如此。

有泛红的相纸和变黄的相纸，今宫改变色调、饱和度、明暗度，改变分步的区域曝光法，显然反复试验了许多次，只为能清楚看到院子里的樱花。草稿上写着一堆不明所以的数字。他计算后又划掉，重写了一次又一次。相纸在四处堆积成山，照这个张数来看，来夏猜他恐怕彻夜未眠。看来是心急如焚。

可他嘴上说着冲洗是小菜一碟。

来夏把四处堆积的相纸收拾成一沓，捡起笔记，把药剂摆回柜子里，将这里整理成了平时的暗室，还清扫了地板。

做完卫生后今宫依然在桌子上睡觉。为避免感冒，来夏给他披上了盖膝毛毯。

　　店堂和平日一样安静，柔和的冬日阳光透过水纹玻璃照了进来。柜子上摆放着许多古典式相机。

　　这种独特的宁静一进店便能感觉到，来夏觉得，也许这是因为每台相机都藏着一个黑暗的房间，无论是大相机，还是小相机。长年累月，相机的黑房间捕捉了各种瞬间的光芒。

　　曾几何时，今宫说相机很像人，来夏如今也这样认为。和相机一样，每个人的心中都有间黑色的屋子。眨眼的时候，瞬间的光芒就被收进了这个房间。不管是喜悦的事情，还是悲伤的事情。虽然平时没开过门，但其实一直等待谁来打开。

　　今宫说过，照片能体现出拍摄者与被拍者的关系。

　　此刻要是拍今宫的话，会是什么样子呢？而胶片会如何承载自己的心情呢？来夏凝视着今宫弯曲的卷发。

　　她想着，等今宫醒来后，再确认明天的安排和胶片的订购。

徕卡Ⅲf

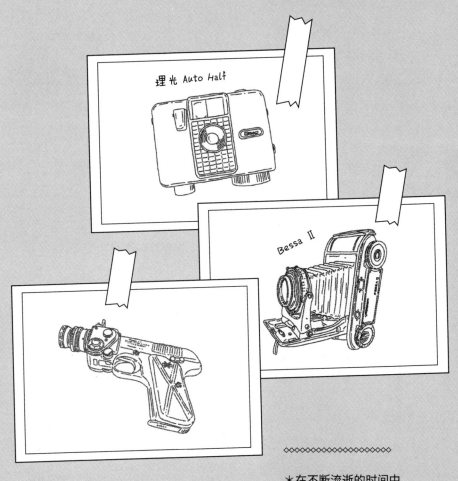

理光 Auto Half

Bessa II

◇◇◇◇◇◇◇◇◇◇◇◇◇◇◇◇◇◇◇◇◇

＊在不断流逝的时间中，
没有什么是一成不变的。
但是现在的这一瞬间，
可以定格在照片中。＊